緑の乙女に口づけを

ベティ・ニールズ 作
麦田あかり 訳

ハーレクイン・イマージュ
東京・ロンドン・トロント・パリ・ニューヨーク・アテネ・アムステルダム
ハンブルク・ストックホルム・ミラノ・シドニー・マドリッド・ワルシャワ
ブダペスト・リオデジャネイロ・ルクセンブルク・フリブール・ムンバイ

DAMSEL IN GREEN

by Betty Neels

Published by Harlequin K.K., Tokyo, 2013

ベティ・ニールズ

イギリス南西部デボン州で子供時代と青春時代を過ごした後、看護師と助産師の教育を受けた。戦争中に従軍看護師として働いていたとき、オランダ人男性と知り合って結婚。以後14年間、夫の故郷オランダに住み、病院で働いた。イギリスに戻って仕事を退いた後、よいロマンス小説がないと嘆く女性の声を地元の図書館で耳にし、執筆を決意した。1969年『赤毛のアデレイド』を発表して作家活動に入る。穏やかで静かな、優しい作風が多くのファンを魅了した。2001年6月、惜しまれつつ永眠。

主要登場人物

ジョージーナ・ロッドマン……………………看護師。愛称ジョージー。
ポリー・ロッドマン……………………………ジョージーナの大叔母。
ドクター・ソウブリッジ………………………整形外科医。
ユリウス・ファン・デン・ベルフ・エイフェルト……オランダの高名な麻酔医。
ベアトリクス……………………………………ユリウスのいとこ。
コルネリス………………………………………ユリウスのいとこ。七歳。愛称コル。
フランツ…………………………………………ユリウスのいとこ。十二歳。
ディンフェナ……………………………………ユリウスのいとこ。十六歳。
カレル……………………………………………ユリウスのいとこ。二十二歳。
テレサ・ルファーブル…………………………未亡人。

1

道の向こうに立つ教会の鐘が鳴ると、ジョージーナ・ロッドマンは猛然と足を速め、セント・アーセル病院内にある緊急治療室へと急いだ。かすかではあるけれど、看護師主任のグレッグより先に職場へ着く可能性はある。もし間に合わないと、今週三度目の遅刻となり、どんな言い訳をしても役には立たないだろう。

ジョージーナは走りながらため息をついた。だって、しかたないじゃない？　月曜日は、病棟の雑用係がオートミールの入った大きな鍋を持ったまま、階段から落ちた場面に遭遇したのだ。オートミールはそれほど熱くはなかったものの、ひどくねばねばしていて、助けを求める声を無視することはできなかった。木曜日に遅刻したのは、困りはてた老婦人に会ったからだ。朝の七時半にバリウムを飲みに来るように言われたのに、どこへ行ったらいいかわからないという。すぐにレントゲン室まで案内したが、看護師主任にとってはジョージーナをやりこめる、じゅうぶんな遅れだったようだ。

〝また遅刻ね！　いったい、いつになったら後輩たちのお手本になれるのかしら？　最終試験の結果だって、これから発表されるというのに〟

あの口ぶりからすると、試験の結果は期待できそうもない。そして土曜日の今日もまた遅くなったのは、搬送係の責任者であるペインに奥さんのようすをきいていたからだ。奥さんは何週間も具合が悪く、ペインは元気がなかった。

緊急治療室の前で立ちどまり、ジョージーナは深呼吸をしてドアを開けた。グレッグはすでに来ていて、決して遅刻を見逃さない場所に陣取っていた。

「また遅刻ね、ロッドマン看護師。今週だけで三回目よ。看護師長に報告しなければ。緊急治療室はいつ、なにが起きるかわからないところなのに」

「すみません」ジョージーナはすばやく仕事についた。二人の准看護師が準備をすませた小さな処置室の一つに入ると、疲れた顔の若者が待っていた。靴下と靴を手に持ち、汚れた素足を目の前の椅子にのせている。

「さびた釘《くぎ》でも踏んだの？」親しげな声できさながら、ジョージーナは手際よく患部を消毒した。

「なぜわかるんだ？」若者がきき返した。

「たくさん診てきたもの。よくあることよ。一日か二日でよくなるわ。仕事は続けてかまわないけれど、破傷風の予防はしておかないとね」彼女はにっこり笑ってそう言うと、主任をさがしに行った。まだ正看護師の資格を持っていないので、抗破傷風血清を打つには許可が必要なのだ。

「そんなにあわててききに来なくてもいいのに。一刻を争う症状ではないはずよ」グレッグは言った。

「患者は夜勤で働いているから、早くベッドで休ませてあげたいんです」

グレッグは顔をしかめた。「あなた、ろくな看護師にならないわよ。感情に流されすぎだもの」

注射を打ちながら、ジョージーナは自分が感情に流されすぎなのか考えた。だが症状の軽い患者なら、できるだけ早く処置して部屋を空けるのが常識だろう。そうしなければ、あとあとこみ合うことになりかねない。

若者の処置を記録して端の処置室に行くと、二人の准看護師がいた。「ねえ、ジョージー、今日の看護師主任って機嫌が悪くない？」

「二号室の酸素を交換するよう搬送係に言わなかったら、もっと悪くなるでしょうね。それから、四号室の包帯が切れていたわ」あわてて行こうとする二人に、さらに言う。「包帯は補充したけれど、酸素のことはあなたたちから言ったほうがいいわよ」

「ジョージー、あなたが主任だったらいいのに」

「そう言ってもらえてうれしいわ。でも、どうやら試験はだめだったみたい」

二人が行ってしまうと、ジョージーナは壁の小さな鏡をのぞき、ナースキャップを直した。明るい茶色の髪は絹のようになめらかなので、ずれないようにするには何本ものピンが必要だった。髪を編んでねじりあげ、頭の後ろでまるくまとめてあるのは、いちばん手っ取り早くできて崩れないからだ。

小さな四角い鏡をのぞきながら、ジョージーナはピンを何本かつけ直した。こちらを見ている顔立ちはなかなかいいが、決して美しくはない。鼻は少しばかり大きすぎるし、顎はちょっと四角すぎる。けれど茶色い目は大きくて子供の目のように澄みきっていているし、濃く長いまつげはきれいにカールしていて、大きな口は今にも笑みが浮かびそうだ。背は高くもなく低くもなく、少しばかりぽっちゃりとしているので、二十三歳という実年齢よりも若く見える。

身だしなみを整え、ジョージーナは仕事に戻った。ひと段落したころ、看護師長がやってきた。「ロッドマン看護師、私の部屋へ来てくれない?」

ジョージーナは看護師長のあとに続いて緊急治療室を通り抜け、小さな部屋に入った。ドアを閉めて机の前に立ち、次の言葉を待つ。

「座って」看護師長はポケットに手を突っこむと、ジョージーナに封書を渡した。「すぐにでも見たいだろうと思ったの」彼女はそう言ってほほえんだ。

「一人で開けたいなら、私は外にいるわよ」

「お願いですから、ここにいてください」ジョージーナは少しばかり震える指で封筒を開け、中身を読むと、きちんとたたんで中に戻した。そして、驚いたような声で言った。「合格ですって」

「もちろん、そうでしょうとも。あなたは合格するって、みんなが信じていたのよ」看護師長は心のこもった笑みを浮かべた。「総看護師長のところへ報告に行ったほうがいいのではないかしら?」

ジョージーナは立ちあがった。「そうですね。ここで読ませてくれて、ありがとうございました」

「おめでとう、ジョージー。あなたなら合格して当然よ」

病院のたいていの人は、彼女のことをジョージーと愛称で呼ぶ。たまにしか顔を合わせない顧問医さえもそう呼ぶことがあるので、研修医たちはそれが本名だと信じているくらいだ。だが、看護師長という立場の人から愛称で呼ばれたのは初めてで、ジョージーナはうれしそうに顔を輝かせた。その意味はほめ言葉にほかならなかったからだ。

総看護師長のオフィスに行ったジョージーナは、部屋の外にできていた列の最後に並んだ。部屋に入っては出てくる顔はどれもうれしそうで、少しばかり信じられないという表情を浮かべている。ようやくジョージーナの番になると、彼女はドアをノックして中に入り、今まで何度もそうしてきたように机の前に立った。

総看護師長はお祝いの言葉を口にしてからきいた。「この先のことは考えているの?」

ジョージーナはなにも考えていなかった。頭のどこかでは外国へ行ってみたいという漠然とした思いがあったが、大叔母のポリーを置いてはいけない。しばらく考えてから、彼女は答えた。「いいえ、なにも」

「よかった。この病院でもう少し経験を積むなら、あなたには看護師長のポストを用意してもいいと思っているの」

ジョージーナは目をまるくした。「私に? 看護師長ですって？　本当ですか？」

総看護師長は好意的な笑みを浮かべた。「あなたならきっとうまくできるわ。考えておいて。看護師としてのすばらしい将来が約束されるはずよ」

廊下に出たジョージーナは、思わずスキップした。最近は看護師が不足していると言われるが、それでも三十分前に正看護師になったばかりで看護師長の話を持ちかけられる人は、めったにいないはずだ。考えもしなかった展開だった。夫や子供のいる生活なら、心のどこかで思い描いていた。けれどどんな男性がいいのかときかれると、皆目見当もつかない。今まで結婚を意識させる男性には出会っていなかったし、もし出会っていたとしても、相手も同じ気持ちでなければどうしようもないからだ。

そんなことをあれこれ考えていると、突然救急車のサイレンが聞こえてきて、ジョージーナは現実に戻り、緊急治療室へと廊下を急いだ。看護師長はすでに両開きのドアの外にいて、先ほどとは違う真剣な表情を浮かべている。ジョージーナはワゴンをチェックした。すべてのものがいつでも使える状態でそろっているのは大切なことだ。重症患者の場合、一分どころか一秒を争う状況もめずらしくない。

青い回転灯をつけた二台の救急車はみるみる近づいてきて、ドアの前でとまった。

「最初の患者は私が引き受ける。あなたは次の人をお願い」看護師長は一台目の患者に注意を向けた。

「おはよう、バート、レッド」ジョージーナは二台目の救急車から出てきた救急隊員たちに声をかけた。

「交通事故かしら？」

バートがうなずいた。「トラックと車の衝突事故だ。一人はフロントガラスを突き破り、この男は胸部を轢《ひ》かれた」

処置室に運んで男の服を切ると、ジョージーナは思わず息をのんだ。胸の中心に異様にくぼんだ傷があり、大量の出血が続いている。まだ生きているのが不思議なくらいで、ジョージーナは血を丁寧にふき取った。そのとき、背後から男性の声がした。

「注射器をくれ、ジョージー。それから血液検査を頼む。抗破傷風血清を投与したら、ほかにも傷がないか、全身をチェックしよう」

　声の主はジョージーナの隣に立ち、すでに触診を始めている。若くて仕事熱心な研修医のネッドは、優秀である自身を決してひけらかさないので、彼女は好感を抱いていた。

「簡単に傷口をふさいだら、集中治療室《ICU》に運ぼう」

　二人は着々と仕事をこなした。輸血を始めるころ、外科医のビンガムも処置に加わった。彼は思慮深くもの静かだが、疲れを知らない外科医だ。「さあ、ＩＣＵへ行くぞ、ネッド」ビンガムが言った。「それから、おめでとう、ジョージー」

「ありがとう」

「ジョージー、合格したのか？　すごいな！　きっと受かると思っていたよ。合格という文字を見るのはうれしいだろう？」ネッドも笑顔で祝福した。

　搬送係がストレッチャーに移したあともジョージーナは患者につき添い、ＩＣＵから戻ってからは、待っている患者たちの対応にあたった。

　午前中の診療が延々と続く忙しい中でも、みんなは合間を見つけてはコーヒーを飲みに行っていた。けれどジョージーナがひと息つこうとすると、幼児をレントゲン検査に連れていくようにと呼びとめられた。子供の横では、若い母親が青ざめた顔で取り乱し、繰り返し自分を責めている。「ああ、私が安全ピンをテーブルの上に出しっぱなしにしておかなければ！」

　ジョージーナは小さな男の子をそっと抱きあげた。安全ピンをのみこんだとき、それが閉じられていたかどうかがはっきりしないらしい。早くしないと体の奥深くに沈んで、損傷を与える危険があった。

「あまり自分を責めないで」ジョージーナはやさしく言った。「子供がなにかをのみこむのはよくあることですから、一日か二日ですっかり元気になるかもしれません。小児病棟にいれば安心だし、ご希望なら病室でつき添うこともできますよ」

その言葉に、若い母親は救われたような顔をした。勤務が終わったらようすを見に行く、とジョージーナは彼女に約束したが、本当はそんな時間の余裕はなかった。今夜は七時の列車に乗らなければならない。でも、この母親はひどく取り乱しているし……。

遅い食事をとりに行くと、手術が長引いたのか、手術室担当の六人の看護師たちもテーブルについていた。そのうちの二人はジョージーナと同じ試験を受けて合格していたが、彼女と違ってじきに病院をやめて結婚するのだと言った。二人の幸せそうなおしゃべりを聞きながら、ジョージーナは漠然とした不安を覚えた。総看護師長が言うところの〝看護師としてのすばらしい将来〟が、私の人生の大半を占めるようになったらどうしよう？　彼女は懸命に気を取り直し、自分を落ち着かせた。不満を感じるなんて、私らしくもない。出世したら、大叔母だって喜んでくれるに違いないのに。

ジョージーナが持ち場に戻ったとき、看護師長が遅い休憩を取りに行き、ネッドが言った。「彼らはいい夫婦になるだろうね」

「彼らって？」

「ジョージー、なにも気づいていないのか？　看護師長とビンガムに決まっているだろう？」

「二人が結婚するってこと？　仲がいいのは知っているけれど」言われてみれば、ビンガムは緊急治療室へ頻繁に顔を出していて、用もないのに来ることさえあった。「そうなったらうれしいわ。二人ともいい人だし。でも彼女が辞めたら、グレッグが看護師長になるのよね？」

ネッドはちらりと彼女を見た。「それはどうかな、ジョージー」

「ネッド、今日は最高の日のはずなのに、なぜかそうは思えないの。生きがいもなく生きてきて、気づいたら四十歳になっていたような気分だわ」

ネッドは笑った。「君には夫が必要なんだよ。君の夫になるのはいったいどんな男なんだろうね？」

仕事が終わったジョージーナは看護師寮に向かいかけたが、若い母親との約束を思い出してあわてて引き返した。小児病棟へ向かう階段を一段飛ばしで駆けあがる。男の子は念のため手術を受けたらしく、小児用ベッドでうとうとしており、母親がその横につき添っていた。ジョージーナは列車の時間が迫っていることなどおくびにも出さず、彼女の不安にじっと耳を傾けた。

それでも、予定していた列車にはかろうじて間に合った。大叔母のポリーはエセックス州のタックステッドから数キロ離れた小さな村に住んでいる。ジョージーナが九歳のとき、校長をしていた父がインフルエンザで突然他界し、母もそのあとを追うように亡くなった。急な不幸に困惑しおびえるジョージーナを丸太造りの小さなコテージに引き取り、親代わりになって育ててくれたのがポリーだった。

列車の窓からロンドンの陰鬱な郊外を眺めながら、ジョージーナは大叔母のことを考え、今度は私が恩を返す番だと思った。やがてスピードが落ちて、列車はタックステッドに着いた。

今にも壊れそうな最終のバスに乗り、コテージの近くのバス停で降りると、細い道を歩いていった。道の角には古いシデの木があり、その反対側には大叔母の家の庭までりんごの木が並んでいる。十一月なのであたりはすでに暗かったが、冷たい月の光に照らされた周囲は絵のように美しかった。小さな門の掛け金をはずし、足を速めて煉瓦《れんが》の小道を進んだジョージーナは、ジョージ王朝様式の真鍮《しんちゅう》のドアノッカーをとんとんと鳴らしてから、ドアを開けて中に入った。煉瓦を敷いた廊下にはところどころひびが入り、その上に敷かれたアフガン織の絨毯《じゅうたん》もすりきれてはいるが、模様はすばらしい。

奥のドアが開いて、ぽっちゃりとしたミセス・モグが声をあげて飛び出してきた。大叔母の世話をずっとしてくれている女性だ。「ジョージー！　よく帰ってきたわね。ポリーは夕食をすませたけれど、あなたのぶんは温かいまま取ってあるわよ。鞄《かばん》を置いて、顔を見せてあげてちょうだい。試験はどうだったの？」

ジョージーナは心配そうに見つめる彼女をぎゅっと抱きしめた。「合格したわ。すてきでしょう？ポリー叔母さんに報告してくるわね」

ポリー・ロッドマンは、いつものように居間にある硬い背もたれの椅子に座っていた。立ちあがりたいと思ったときに助けを呼ばなくてすむようにステッキを一本ずつ両脇に置いているのは、人の手を借りるのが嫌いだからだ。ジョージーナが十六歳になる前、ポリーはポリオにかかり、この先歩ける可能性は低いと医師に告げられた。だが大叔母はその後何年もかけて回復し、車椅子から松葉杖《づえ》、さらにはステッキを使って歩けるまでになった。

ジョージーナとミセス・モグは、そんな大叔母の努力する姿を黙って見守ってきた。そしてポリーが二本のステッキを使ってそろそろと足を踏み出すまでになると、村へ行き、白ワインをかかえて帰ってきた。なにを買っていいかわからなかったが、とにかくお祝いしなくてはと思ったのだ。

狭い部屋を奥へと進んだジョージーナは、椅子の横に膝をつき、大叔母をそっと抱きしめた。鉄のような意志を持ってはいても、大叔母の体は小さくて華奢《きやしや》だった。「合格したわ」いちばん聞きたがっていることを、真っ先に口にする。

ポリーはほほえんだ。「そうでしょうとも。あなたなら合格するってわかっていたわ。でも、おめでとう。あなたを誇りに思うわ」

ミセス・モグがジョージーナの夕食を運んできてくれた。ステーキとキドニープディングと彩りよく盛り合わせた野菜、そしてデザートはクレームブリュレだ。ジョージーナがトレイを受け取ると、ポリーが言った。

「ミセス・モグ、マデイラワインを持ってきてくれる？　この子の健康を願って乾杯しましょう」

ミセス・モグがボトルを持って戻ってきたあと、三人は美しいグラスにワインをついで飲んだ。やがて、ステーキとキドニープディングを平らげたジョージーナは、総看護師長に言われたことを二人に話した。

ポリーはうれしそうにうなずいたものの、ちらりと姪《めい》を見てきいた。「でも、それがあなたの望んでいたことなの？」

ジョージーナはデザートの最後のひと口を食べた。「ええ、もちろん」〝君には夫が必要なんだよ〟とネッドに言われたのを思い出したけれど、考えないことにした。「でも、看護師長とビンガム医師が結婚するらしいの。そうなると、グレッグが緊急治療室の看護師長になるんじゃないかと思うのよ。彼女と働くのは気が進まないわ」

「あなただって結婚するかもしれないわ」ミセス・モグが口をはさんだ。

ジョージーナはにっこりした。「あら、でも誰と？　病院で顔を合わせるのは研修医ばかりよ。彼らは忙しいしお金もないから、結婚なんて考えられないわ。お金持ちの顧問医はみんな既婚者だし、しばらくは働いてお金をためるのも悪くないと思っているの。今度は私が稼ぐ番だもの」

ポリーはまっすぐな背筋をさらに伸ばした。「とてもいいことだわ、ジョージーナ。でもミセス・モグも私も、もういい年なのよ。お金なんてほとんど必要ないし、自分たちでやっていけるから、あなたが一生懸命稼いだお金はあなたのために使うべきだわ。外国にでも行ってみたらどう？」

そんな希望も心のどこかにはあったけれど、ジョージーナは嘘《うそ》をついた。「外国なんて興味ないわ、ポリー叔母さん。行くとしても、もっと経験を積んでからにしたいの。セント・アーセル病院でもう一年か二年働いて、看護師長のポストについてから、あらためて考える」

ジョージーナはトレイをキッチンに運び、明るく澄みきった声で歌を歌いながら皿を洗った。まるで自分は幸せだと、二人に伝えるかのように。

2

月曜日の朝のセント・アーセル病院は、いかめしく陰鬱に見えた。看護師寮の磨きあげられた冷たい階段をのぼって自分の部屋へ向かう間、ジョージーナはいつものようにホームシックと闘っていた。大叔母の小さなコテージとはひどく対照的なあじけない寮の踊り場で立ちどまり、窓の外に目を向ける。立派なプラタナスが目に入ると、コテージの近所に生えている大好きなシデの木を思い出した。

そんな子供っぽさを振りきるように、彼女は残りの階段を駆けあがった。勤務につけば、とだえることなくやってくる患者の対処で忙しいはずで、よけいなことなど考えずにすむだろう。

看護師長が五時に仕事を終えていなくなったとき、ネッドから電話があった。同じ研修医のボブ・ベーカーに夜中まで代理を頼んだので、夜勤の人たちに伝えてほしいという。ジョージーナは顔をしかめて受話器を置いた。ベーカーは嫌いだ。医者であることを鼻にかけてばかりで、彼には学ぼうとする姿勢がない。

仕事は九時に終わったが、ジョージーナはひどく機嫌が悪かった。ベーカーは自分の診断を長々と自慢したかと思えば、脳震盪《のうしんとう》を起こした患者を帰宅させようとしたり、コーレス骨折をポット骨折と言い間違えたりしたのだ。

間違いを指摘し、患者は入院させるべきだと彼女が厳しい口調で言うと、ベーカーはレントゲン検査の申請書を書きしぶるという報復に出た。ようやく平凡な自分の名前を仰々しく署名したと思ったら、彼は〝グレッグはどこか〟ときいた。

「非番です」ジョージーナはぴしゃりと言った。「出てきたら、会いたがっていたって伝えておきます」医者とは結婚したいが研修医は対象外だと、グレッグは公言しているのに、ベーカーはプロポーズするつもりらしいともっぱらの噂《うわさ》だった。

ベーカーは部屋を出ていこうとドアノブに手をかけていた。「ただきいてみただけだ」冷たい声で言う。「君の仕事ぶりがあまりにもひどいから」

「朝になったら、あなたの一言一句を看護師長に伝えておきます」ジョージーナも同じくらい冷たい声で言い返した。「看護師長はきっと別の研修医と代えてくれるはずだわ。あなたのせいで、私たちの腕まで疑われたくはないでしょうから」ジョージーナは足早にドアへ向かうと、ドアノブをひねってベーカーを外に押し出し、あっけにとられている彼の前でぴしゃりとドアを閉めた。

寮では友人たちが大きなポットから紅茶を飲んで

いたので、ジョージーナはミセス・モグが持たせてくれた手作りのケーキを出した。ケーキはあっという間になくなり、紅茶がお代わりされ、おしゃべりに花が咲く。そのうち話は将来のことになった。みんな、わくわくするなにかをあれこれ計画しているらしく、外国行きを考えている人もいれば、結婚間近の人もいた。

誰かが言った。「そういえばジョージー、あなたはどうするつもりなのか、まだ聞いていないわ」

「ええと」看護師長のポストのことは言ったほうがいいのだろうか？　「私はたぶんここにいて……」

「総看護師長が、看護師長のポストをちらつかせなかった？」誰かがきいた。

「ちらつかされたわ。ゆくゆくは……みたいな、ひどく曖昧な言い方だったけれど。助産師の勉強でもしようかしら」思いついたことを口にしただけだが、そんな選択肢もいいかもしれない気がした。

次の朝は早々に総看護師長から呼び出され、緊急治療室で四週間の夜勤につかないかと言われた。みんなのいやがる仕事をいくらかでもましに見せるためか、〝貴重な経験〟と総看護師長は言った。勤務につくと、二週間ごとにまとまった休みが取れるらしい。グレッグと一緒に働かなくていいのもありがたかった。

数日間夜勤をこなしたジョージーナは、緊急治療室での仕事のパターンをつかんだ。この程度で医者にかかるのは……と昼間ためらっていた人たちがやってくるせいで、午後十一時までは多忙を極める。歯痛や、乳歯が生えてきた赤ん坊たち、あまり事情を聞かないほうがよさそうな打撲、おでき、頭痛、指の切り傷や肉に食いこんだ爪などを診てもらおうとする患者で、待合室はあふれた。しかしパブの閉店後は、酔っぱらいが現れる。重篤な者はめったにいないが、その割に時間がかかるのは、必ずと言っていいほど縫合が必要になるからだ。

交通事故にもパターンがあった。多いのは真夜中と明け方で、夕食が深夜二時ごろになったり、紅茶を飲みそこねたりするのもめずらしくなかった。そのぶん、ジョージーナは日中にたっぷり眠り、休暇を心待ちにした。

五日目の夜、引き継ぎをしようと看護師長のオフィスへ行くと、看護師長はいつもとまったく違ってどこかうきうきしていた。今夜の当直はネッドで、ビンガムは十時から勤務だと伝える彼女は、気持ちがはずんでいるせいか、とてもかわいらしかった。

ジョージーナの視線に気づいて、看護師長は遠慮がちに言った。「実は、ドクター・ビンガムと夕食に出かけるの……お祝いに。あなたには言っておいたほうがいいわね。私たち、結婚するのよ」

「まあ、なんてすてきなの！　うれしいわ。幸せになってくださいね。そんな日に仕事だなんて、ドクター・ビンガムもお気の毒に」

看護師長は立ちあがり、コートをはおった。「そうなのよ。でも、しかたないわ。もしおおぜい患者が運ばれてくることがあったら、ネッドが応援を呼ぶだろうし、ビンガムにも連絡がくる手はずになっているの。電話番号はそこに書いてあるわ」

看護師長は夢見心地でほほえみ、おやすみを言うと出ていった。

待合室で待つ人たちが半分になったころ、救急車のサイレンが聞こえた。ドアのすぐ近くの処置室二つは使われていない。ジョージーナは両開きの扉を押し開けて受け入れの準備をし、順番を待っている患者たちに診療が遅くなると告げた。当番の救急隊員はレッドだった。

「やあ、ジョージーナ。交通事故だ。けが人は、子供二人と成人男性が一人」彼は救急車の扉を開け、最初のストレッチャーを引き出した。「女児は頭に傷を、男児は脚の骨折、男性は自力で歩ける」

ジョージーナは医師の控え室に連絡した。「交通事故よ、ネッド」そして少年が運ばれた処置室へ行った。意識がない少年の毛布をはいで脚を見ると、両方の大腿骨に添え木があてられていた。どうやらどちらも骨折しているらしい。だが顔色は悪くなく、脈も安定している。もう一人は女の子で、意識が朦《もう》朧《ろう》としているうえに頭から出血し、長く豊かな髪が固まっていた。ジョージーナは彼女の脈も取った。

三人目の患者は歩いて入ってきたものの、顔色がひどく悪い。彼は右手を胸にあて、ショックから立ち直れないようすで言った。「こんなことになってしまって申し訳ない。子供たちは？」

「もうすぐ医師が来ますから、先に子供たちを診てもらいましょう。あなたはここに座っていて。手が空いたら、三角巾を持ってきて、その腕を吊《つ》ります。鎖骨を痛めたようですね」

ジョージーナはなぐさめるように男性に笑みを向けた。彼女と同い年くらいか、あるいはもう少し若いかもしれない男性は、なかなかのハンサムだ。髪は豊かで目は青く、いつも笑みを絶やさないような口元をしている。

若者を残してもう一度男の子のようすを見に行くと、ネッドがやってきて両脚を丁寧に調べた。「これは老整形外科医に任せたほうがいいな」年配のドクター・ソウブリッジのことだ。「ビル・フォスターにも連絡しよう」ビルはドクター・ソウブリッジについて学んでいる医学実習生だ。「電話してくれないか、ジョージー。それから、この子の脈はどうだ？」

「力強くて安定しているわ。三十分ごとに脈をはかるわね。脚ばかりでなく、頭のレントゲンも必要でしょう？」

彼女はビル・フォスターと連絡を取ったあと、ネッドと少年を残して少女のようすを見に行った。少女には救急隊員たちがつき添ってくれていて、ジョージーナは心からの感謝を述べた。

「お茶もごちそうできずにごめんなさいね、レッド。でも、よかったら自分でいれてちょうだい。どこになにがあるかは、わかっているでしょう?」

隊員たちは感謝したが、紅茶は断って、帰ると言った。彼らも次の呼び出しに備えなければならないのだ。そしてジョージーナとは、今夜また病院のどこかで顔を合わせることになるだろう。

救急隊員たちがさよならを言うと、若者は感謝の言葉を述べた。救急隊員に礼を忘れない人間はそう多くなく、彼らはその言葉に恐縮した。

ジョージーナは少女の脈を取った。しっかりしている。服をゆるめると、仕立てのいい厚手のコートの下に着た、すてきな服も破けてしみがついていた。

やわらかなうめき声をあげて目を開けた少女がふたたび目を閉じるのを待って、ジョージーナは傷をさがした。片方の頬に暗赤色になった部分があり、肩にも同じものがあるが、かすり傷だ。小さな体をもう一度毛布でおおうと、次に頭を見る。切り傷は浅いがいくつもあり、縫合が必要になるだろう。傷の一つ一つから丁寧に血をふき取り、長い髪を注意深く切りおえても、少女は目を覚まさなかった。

ジョージーナは若者のもとへ向かい、彼の腕を三角巾で吊って、レントゲンの依頼書にネッドのサインをもらいに行った。それを持って若者のところに戻ると、彼女は言った。「一人でレントゲン検査に行ってもらえますか? 少しばかり手が足りなくて。場所は通路のすぐ向こうです」

「子供たちは?」若者がまたきいた。

「じきに整形外科医が到着します。男の子はどうやら両脚を骨折しているみたいですが、ほかは悪くありません。女の子は頭に切り傷がありました。けれど医師が診断するまで、これ以上はなんとも……」

若者は立ちあがった。「親切にありがとう」そう言ってにっこり笑い、書類を持ってレントゲン室へと向かった。

ジョージーナは少女のところに戻り、脈を取って縫合のための準備を始めたが、ふと気がつくと、見たことのない男性がドア口に立っていた。

第一印象は体が大きい、だった。背が高いだけではなく、がっしりしていて、小さな部屋がよけい狭く見える。おまけに男性はハンサムで、広い額から豊かな髪を後ろにとかし、上品な鼻とやさしそうな口元をしている。目の色はわからないが、おそらく青だろう。その目がじっと向けられ、ジョージーナはなにか言わなければとあわてた。

「あなたのお子さんですか？　もしよかったら、奥に行ってもらえるでしょうか？　責任者がそこにいます」彼女はやさしい笑みを男性に向けた。「この子はたくさん傷があるけれど、そんなに深刻な状態ではなさそうですよ。男の子もお子さんですか？」

彼はかすかな笑みを浮かべた。「ああ、看護師さん。二人は……僕の子だ」その声は低かったが、ジョージーナは意外とは思わなかった。こんな大きな胸から出す声は、低いに決まっている。「緊急治療室の責任者にはもう会った。入っていいかな？」

そう言って近づいてくると、ただ見つめるだけでなく、女の子のまぶたをめくって瞳孔の反応を調べ、次に小さな耳と鼻を注意深く見て脈を取った。

「意識はあったのか？」

「ええ、二度目を開けました。ほんの少しの間だけですけれど」思わずそう言ってしまってから、ジョージーナははっとした。見知らぬ人なのに、まるで病院の医師に質問されたかのように素直に答えるなんて。彼女はとまどい、そんな反応をさせた男性にいらだった目を向けた。

気づかれないだろうと思ったのに、彼は頭の後ろにも目があるらしかった。「すまない。いらだつのも無理はないな。最初に言えばよかったが、僕は医者だ。ドクター・ソウブリッジの診断を待つ間、ベアトリクスの傷を縫合したらどうかと、若い研修医に言われてね」彼が背筋を伸ばすと、頭が天井に届きそうだった。「疑うなら、彼にきいてみてくれ」

男性を疑う気にはなれなかった。ほんの数分前に会ったばかりなのに、ジョージーナは彼をすっかり信じていた。でも、名前くらいはきいておいたほうがいいかしら？　そう思って口を開きかけたとき、ネッドがカーテンから顔を出した。彼女には目もくれず、とても丁寧な口調で言う。

「ドクター・ソウブリッジが到着しました。お会いになりますか？　その子には私がついています」

大柄な男性がうなずいて行ってしまうと、ネッドは慎重に女の子を診た。「ネッド、なぜあんな口のきき方をしたの？　あの人は誰？」ジョージーナは検眼鏡を手渡しながらきいた。「血圧は正常で、脈は少しばかり速いけれど、しっかりしているわ。ねえ、あの人は何者なの？」

ネッドは彼女に検眼鏡を返し、差し出された耳鏡を受け取った。「そんなに悪いところはなさそうだな。だが、縫合がすんだらレントゲンを撮ったほうがいいだろう。縫合は男の子がレントゲン室に行っている間に、あの人がしてくれる」

「彼は誰なの？」ジョージーナはもう一度尋ねた。

「ジョージー、看護師向けの雑誌で彼の論文を読んだり、噂を聞いたりしていないのか？　彼はここへも何度も来て、僕たちに講義もしている。医大の付属病院へはほとんど行っているはずだ。ユリウス・ファン・デン・ベルフ・エイフェルト教授だよ」

彼女はかわいらしい茶色の目をまるくした。「変わった名前ね！　イギリスの人ではないわよね？

なにが専門なの？」

「麻酔だよ。その道の権威だ」ネッドはドアに向かった。「レントゲン室に行って、鎖骨の写真を見てくるよ」

入れ違いに、エイフェルト教授が戻ってきた。

「始めようか、看護師さん」コートと上着を脱いで、シャツの袖をまくる。

ジョージーナはあわてて言った。「その前に、奥様に連絡しましょうか？」

彼は笑い出しそうな顔をしたあと、重々しく答えた。「ありがとう。だが、僕に妻はいない」

「ああ、なんてこと……ごめんなさい」ジョージーナはそう言って顔を赤くした。私ったら、なぜ考えずにものを言うのだろう？「つまり……こんなことが起こって、子供たちはどんなに不安だろうかと思ったんです。でも、お母さんがいないなんて……。ところで、この子たちと一緒に若い男性がいたけれど、彼もあなたのお子さんですか？」

「ああ、そんなところかな。実際にはいとこだ。レントゲン室で会ったよ」

その口調から、これ以上きかないほうがよさそうだと彼女は判断した。「体を動かさないように、私が抱いていましょうか？ 椅子を使ってください。そうでないと、背中が痛くなりますから」

言われたとおりにしてから、教授は縫合を始めた。二つ目の傷を縫いおわったとき、少女がむずかって目を覚ました。

ジョージーナは言った。「はじめまして」

少女はじっと見つめている。「あなたは誰？」

「看護師よ」ジョージーナは体の向きを変えて、椅子に座っている男性の姿が女の子の視界に入るようにした。小さな顔がぱっと明るくなる。

「ユリウス！ 来てくれると思った！」少女は笑みを浮かべかけたが、傷を負った顔が引きつり、痛みから泣き出した。ジョージーナが女の子を抱き寄せ、安心させる言葉をつぶやく間、教授も辛抱強く待つ。しばらく泣かせてから、ジョージーナはハンカチを取り出して大きな青い目をふいてやり、きっぱりとした口調で言った。

「さあ、静かにしましょうね。どうしたらあなたのけがが治るかを話すから、がんばってくれる？」

少女は答えず、教授の説明を待っている。

「頭に傷があるんだ、ベアトリクス。だから、僕が縫っている。少しちくっとするかもしれないし、泣きたいなら泣いてもいい。だが、看護師さんの膝でじっとしていてくれないか？」

「わかったわ、ユリウス」縫合が終わりに近づいたころ、女の子がきいた。「看護師さんなのはわかったけど、名前はなんていうの？」

「ジョージーナよ」

少女はその名前を繰り返した。「すてきな名前。みんなにはジョージーナって呼ばれているの？」

「ええと……そうでもないわ」

「それじゃあ、なんて？」

「ジョージーって呼ばれているの」

「私もジョージーって呼んでいい？　私、あなたのことが好きよ」

縫合を終えた教授は二人の話に耳を傾けていて、ジョージーナが顔を上げると目が合った。この人がいると、なんだか落ち着かない。「ありがとう、ベアトリクス。私もあなたが好きよ」そう言って、少女をそっと寝台に寝かせる。「男の子のほうも手当てしてあげないと――」

「コルネリスっていうのよ。私のお兄ちゃんなの」

「コルネリスをレントゲン室に連れていくわね」ジョージーナは立ちあがり、教授に視線を向けた。「ベアトリクスにつき添ってくれる看護師をさがしましょうか？　それともあなたが――」

「ここにいるかって？　もちろんさ」

ジョージーナは男の子のいる処置室に向かい、その途中で先ほどの若者と言葉を交わした。彼は硬い木製の椅子に座り、前をじっと見つめていたが、彼女が目の前で立ちどまると笑みを浮かべた。

「大丈夫ですか？　できるだけ早く戻りますね。あなたの……ええと……いとこって人が女の子と一緒にいますから、もしよかったら……」

「ありがとう、看護師さん。でも、僕に用があるなら、そう言ってくるはずだ」

十分後、ドクター・ソウブリッジとビル・フォスターとエイフェルト教授がレントゲン室にやってきた。一行はまっすぐ暗室に入り、まだ乾いていないフィルムを見ながらなにやら話し合っていたが、やがて全員で出てくると、ドクター・ソウブリッジがジョージーナに言った。「二十分以内に手術室を使いたい。手術室担当の看護師に連絡してくれ。それから、ドクター・ファン・デン・ベルフ・エイフェルトにサイズ八の手術着を用意するように」

ジョージーナは言われたことをこなし、男の子を手術室へ送る準備をすませて、若者のいる処置室にきびきびとした足取りで入った。「さあ、あなたの番よ」そう言いながら、彼のシャツを脱がせる。

「こいつの肩を押さえていようか、看護師さん？」

彼女が返事もしないうちに教授が現れ、いとこの背後にまわって肩を後ろに引っぱった。

若者は真っ青になった。「〝復讐《ふくしゅう》は甘美である〟って言うからな！」

「本気で言っているんじゃないだろう、カレル」教授は不機嫌になることもなく言った。

「悪かったよ、ユリウス。謝る」

それっきり誰も口を開かず、ジョージーナは包帯を巻きおえた。「あなた方の住所や名前をきかないといけないんだけれど、まずはお茶を出しますね」

通りすがりにベアトリクスのようすを見ようと、彼女は処置室をのぞいた。少女はうとうとし、その隣ではネッドがカルテを書いている。彼は顔を上げ、不機嫌そうに言った。「やっと来たな。いったいどこへ行っていたんだ？」

「いろいろと用事があったのよ」ジョージーナはなだめるように言った。「この子も入院させるの？」

「ああ、レントゲン写真を撮ったら入院だ。二十四時間、ようすを見るらしい」

紅茶を別の看護師に頼んでカレルのところに戻ったジョージーナは、カルテに書くためにいろいろと質問した。デブデンにあるダルマーズ・プレイスという屋敷に住んでいると聞いて、彼女の手が一瞬とまる。何年も前にその村を自転車で通った覚えがある。テューダー朝様式の古い家が並んでいたっけ。あの中のどれかが彼の家に違いない。そんなことを考えていたら、手術室から少年の迎えが来た。

ジョージーナは手術室までつき添って、あとは手術室担当の看護師に任せ、カレルのところへ戻った。カレルはネッドと一緒に紅茶を飲んでいた。

ネッドが言った。「この人のためにタクシーを呼ぶから、女の子を見ていてくれないか？」

カレルが言った。「本当はここに残りたいんだが、ホテルに行くようユリウスに言われたんだ」

彼女はけがをしていないほうの彼の手を握って、なぐさめるように言った。「そうしたほうがいいでしょうね。ぐっすり眠ることが必要だもの。子供たちのようすは、教授が教えてくれるはずですよ」

「ああ、そうだな。僕が事故を起こしたわけではないが、責任はある。夜、街に出ようとしたら、子供たちがおもしろ半分で車に乗りこんできたんだ。それで僕もつい、連れてきてしまったというわけさ。本当に愚かだった。ユリウスに責められたってしかたない」カレルは突然笑った。「かわいそうなユリウス。四人の子供ばかりか、僕まで背負いこむなんて。彼は本当にすばらしい後見人だ」

ジョージーナの気持ちが妙にはねあがった。「後見人？　父親なのかと思ってました」

今度は残念そうに、カレルは笑った。「自分の結婚なんか、考えるひまがなかったんだろうな。それじゃあ、看護師さん、また会おう」

また会うことなどありそうもなかったが、ジョージーナも調子を合わせた。患者はよくそういう言い方をするものだ。それきり、教授と顔を合わせる機会はなかった。手術が終わってから緊急治療室に立ち寄ったらしいが、ジョージーナは食事で席をはずしていて、会えなくて残念だという伝言が残っていた。もう教授に会えないと思うと意外なほどがっかりしたが、忙しさに追われてそれ以上考える余裕はなかった。

朝になって夜勤が明けたとき、ジョージーナは子供たちに会いに行った。ベアトリクスはベッドで朝食を食べていて、ジョージーナを見るとうれしそうな顔をした。少年は一、二時間ほど前に意識を取り戻したそうだが、今はまた目を閉じていた。その小さく白い顔が寂しそうなのは、骨折とは関係ないように見える。

「手術は大成功よ」そばにいた看護師が言った。「数カ月ですっかりよくなるわ」

少年が目を開け、妹と同じようにきいた。「あなたは誰？」

「はじめまして、コルネリス。昨日の夜、ここへ運ばれてきたときに会っているのだけど」

少年は彼女を見つめた。「僕、あなたのことが好きだよ。名前は？」

「ジョージーナ・ロッドマンよ」

「僕はコルネリス・ファン・デン・ベルフ・エイフエルト。よかったら、コルって呼んで。僕はジョージーって呼ぶよ」そして、とても礼儀正しくつけ加えた。「あなたがいやでなければ、だけれど」

ジョージーナが答える前に、少年はふたたび目を閉じてしまった。そこでまた会いに来るからとベアトリクスに約束して、彼女は食堂へ行った。けれどなんだか集中できず、会話に加わる気になれない。エイフェルト教授にもう一度会う機会はあるだろうか？　もし会ったとして、彼は私のことを覚えているだろうか？

夜ベッドに入ったとき、ジョージーナは子供たちが彼をユリウスと呼んでいたことを思い出した。すてきな男性にぴったりの、すてきな名前だわ。そんなことを考えながら、ジョージーナは眠りについた。

3

朝と夕方、ジョージーナは二人の子供を見舞った。コルはいつになったら歩けるようになるのかときくばかりだったが、ベアトリクスはベッドから起きあがり、にこにこしながらおしゃべりを楽しんでいた。その内容から二人の後見人が毎日会いに来ていること、ベアトリクスはじきに退院するけれど、コルはまだしばらく入院していなければならないことを、ジョージーナは知った。

「コルだけになっても、毎日会いに来てくれる？」ベアトリクスがきいた。

「コルが会いたいと言うなら、もちろん来るわ」ジョージーナは答えた。

「あなたならきっと来てくれるって、ユリウスが言っていたの。でも、確かめたくて」

エイフェルト教授は私のことを忘れていなかったのだ。ジョージーナははっと息をのんだ。笑みを浮かべたものの、自分の愚かさにすぐに顔をしかめる。ただ看護師として覚えられているだけなのに。

その夜から非番だったため、ジョージーナは少女にさよならを言った。コルにもしばらく会えないと伝えると、少年は駄々をこね、毎日手紙を書くという約束を聞くまで騒ぐのをやめなかった。

「後見人が会いに来てくれるでしょう?」ジョージーナはなだめるように言った。「それから、もう一人の……ええと……叔父さんも」

「叔父さんじゃないよ。お母さんの違うお兄さんだよ」ベッドから少年の不機嫌な声が返ってきた。

「あら、そうなの? 私はてっきり、あなたたちの叔父さんだとばかり」

「説明するから、きちんと聞いてくれる?」

「もちろんよ」大叔母の家に帰る前になにかおなかに入れて、一時間か二時間ほど眠りたかったが、どうもむずかしそうだ。

「こういうことだよ。いとこのユリウスのお母さんと僕のお母さんは年の離れた姉妹なんだ。ユリウスのお母さんはオランダ人のユリウスのお父さんと結婚した。僕のお母さんはベアトリクスが生まれたときに亡くなったんだけど、僕のお父さんは僕のお母さんと結婚する前に、カレルのお母さんと結婚していたんだよ」コルはひと息ついた。「これでわかったでしょう?」

ジョージーナは目をぱちくりさせた。「ええ、たぶん。でも、あなたたちはみんな同じ姓よね?」

コルは笑った。「もちろんだよ。だって、僕のお父さんとユリウスのお父さんは兄弟だもの」

彼女はぼんやりとした頭で、なんとか理解しようとした。「兄弟が姉妹と結婚したわけね。でもオランダ人なのに、なぜイギリスに住んでいるの？」

「オランダにも家はあるよ。僕のお父さんは長いこと、イギリスに住んでいたんだ。カレルのお母さんがイギリス人だったからね。僕たちにはみんな、イギリス人とオランダ人の血が半分ずつ流れているってユリウスが言っていた。もちろん、フランツとディンフェナにもね」

ジョージーナはあくびを噛《か》み殺した。「フランツとディンフェナって、誰だったかしら？」

「僕たちの兄さんと姉さんだよ。決まってるじゃないか。フランツは十二歳で、ディンフェナは十六歳。もう大人だよ」コルはベッドからじっとジョージーナを見た。「眠いの？　目が閉じてるよ」

「残念ながら、そうなの。でも、家族のことを説明してくれてありがとう。みんな、あなたやベアトリクスのようにすてきな人たちなのかしら？」

「ユリウスにはもう会ったでしょう？　ユリウスは最高だよ。とってもすごい人なんだ」

教授について知りたい気持ちはあったけれど、もう会うこともなさそうな人のことをあれこれ考えてもしかたない。いずれにせよ、のんびりしている時間はないのだ。コルにさよならを言って、ジョージーナは部屋を出た。

大叔母の家に着いたのは、お茶の時間のころだった。家じゅうに漂うホットケーキを焼くバターのにおいに、ジョージーナは満足そうなため息をついた。これから六日間は自由の身だ。

しかし休暇は信じられないほど早く、飛ぶように過ぎていった。その間にジョージーナはジム・ベールを説き伏せて車を借り、大叔母をドライブに連れていった。デブデンへ行ってダルマーズ・プレイスをさがしたいという強い欲求を抑え、大叔母の友人がいるエルムドンへと向かう。

老婦人たちが紅茶を飲みながらおしゃべりを楽しむ間、ジョージーナは一人で散歩に出かけた。教会で大家族の絵を見ると、コルやベアトリクスを思い出した。彼女は約束どおり、毎日コルに手紙を書いていた。意外なことに、コルからは一度か二度葉書が届いた。ジョージーナはベアトリクスにも手紙を送りたかったが、エイフェルト教授にどう思われるかを考えると、勇気が出なかった。

次の日は冷たい霧雨が降り、いつもは陽気なジョージーナも鬱々としていた。午前中は家の中でひまをつぶし、昼食のあとで大叔母がうとうとと昼寝を始めると、アイロンがけを片づけるために二階に上がる。しばらくすると玄関をノックする音に続き、ミセス・モグがドアを開ける音が聞こえた。

ジョージーナはミセス・モグに声をかけた。

「ミスター・ペイスンだったら、卵をもう少しもらえるかきいてくれないかしら？」

ややあって、ミセス・モグが彼女を呼んだ。

「ジョージーナ、下りてきてちょうだい。居間でお客様がお待ちよ」

ジョージーナは階段を駆けおりて居間のドアを開けた。中に入ったとたん立ちどまり、思わず言う。

「まあ、あなただったの！」それと同時に、自分がひどい格好をしていることを意識した。髪は引っつめているし、スラックスとセーターも色あせている。決して美人でないと自覚しているその格好が、意外にも彼女をかわいらしく見せていることには気づいていなかった。

立ちあがったエイフェルト教授は、天井に頭が届きそうだった。ジョージーナは身をかがめるよう忠告しかけたが、数センチ余裕があったのでやめた。

「忘れられているのではないかと、心配だったんだが」教授は穏やかに言った。

「まさか、忘れたりしません。コルはずっとあなたの話をしているんですから」そう言ってから、はっとした。「あの子たちになにかあったわけではないですよね？　ベアトリクスもコルも元気ですか？」

「元気だ。実は、コルのことで来たんだよ」その言葉に、ジョージーナは安心すると同時にがっかりした。彼が私のために来るはずなどないじゃない！

「突然押しかけてすまないが、君に頼みがある」

なにを言われるのか、ジョージーナはわかるような気がした。コルが恋しがっているから一日でも早く戻ってくれ、とかなんとかだろう。

「エイフェルト教授を客間にお連れして、そこでゆっくりとお話をなさい」ポリーが言った。

「よろしければ、ここで話したいのですが。姪ごさんは、あなたにも聞いてほしいでしょうから」

「それなら、二人とも座って。早く聞きたいわ」

ジョージーナも同じ気持ちだった。いったい教授は私を巻きこんでなにをしようというの？　大柄の教授に古くて頑丈なウィンザーチェアを勧め、彼女は小さなクリノリン生地の椅子に座った。

「コルを退院させようと思うんだ」

異議を唱えようとかわいらしい口を開きかけたジョージーナは、彼の表情を見て思いとどまった。

「そのとおりだ、ミス・ロッドマン。厄介で、むずかしい問題だよ。移動するだけでも大変だし、いろいろとそろえなければいけないものもある。そこで、君にコルの看護をお願いしたい」

彼女は目をぱちくりさせた。「まさか、嘘《うそ》でしょう？」

「僕は思っていないことは口にしない。あらゆる事態をよく考えてみたんだ。コルは今、幼い心を痛めている。僕たちはとても結束が固い一族でね」教授はちらりと彼女を見た。「二人に両親がいないことは聞いているだろう？」

ジョージーナはうなずいた。「ええ、聞きました。

あなたを二人のお父さんだと思っていたら、あなたのいとこだという若者が少しばかり話をしてくれて、コルもいろいろ説明してくれたんです。だから、大ざっぱには理解していると思います」

彼は笑った。「そうだろうな。で、来てくれるか?」

ジョージーナは教授を見つめた。イエスという答えを期待している彼は、自信に満ちた目で見つめているけれど、決して傲慢ではない。でも、こんなふうに見つめられたからといってイエスと言うなんて、ばかげている。彼女は息をのみ……そして〝イエス〟と言った。それでも、簡単に受け入れたことを正当化するようにつけ加える。「でも、いろいろなことをもっと詳しく教えてもらわないと」

「ああ、よかった。断られるかと思ったよ」教授はほんの一瞬笑みを浮かべ、事務的な口調で続けた。「まずは僕の計画を話すから、君はなんでも質問したらいい」彼はポリーの方を向いた。「退屈ではありませんか?」

「最高の気晴らしだわ」ポリーはほほえんだ。

「今日は十一月八日で、君の夜勤はたしか十八日に終わるはずだ。間違いないか?」教授はジョージーナがうなずくのを待った。「君にはコルの看護を全面的に頼みたい。毎日休憩時間は設けるし、週に一度は休みの日も作る」

教授は言葉を切って見つめ、ジョージーナがなにか言うのを待った。そんなことを言うのはばかげているように思えたが、彼女は遠慮がちに言った。

「私は緊急治療室で常勤看護師をしています。病院を辞めることなど考えてはいません」

「ああ、そのことを言い忘れていた。たしかに総看護師長にはまだ話していない。その前に、君の意見を聞きたかったんだ。でも、君を借りることはできると信じている。僕に任せてくれるか?」

「担当医はどうするのですか？　コルの治療は老整形外科……いいえ、ドクター・ソウブリッジがあたり、私は彼の指示に従うのでしょうか？」

「ああ、そういうことになるだろう。彼は必要に応じて、コルを訪ねてくれると言っている」

「よくわかりました。彼に言われたら、総看護師長も反論できないと思います」

「ところで、車の運転はできるか？」

「車は持っていないけれど、免許はあります」

「よろしい。僕たちと一緒の間、一台は君が自由に使えるようにしよう」

ポリーが言った。「すてき！　ジョージーナ、これからは毎週帰ってくることができるわね。ほんの数キロしか離れていないんだもの。楽しくなりそうだわ！　ジョージーナ、ミセス・モグにお茶を頼んでくれないかしら？　お茶を召しあがっていくでしょう、教授？」

キッチンへ行ったジョージーナは、なんだか狐《きつね》につままれた気分でミセス・モグを手伝い、紅茶やらなにやらを大叔母の椅子の横にある小さなテーブルに並べた。しかし教授に紅茶をいれて出すはずが、気がつくとクリノリンの椅子に座って、彼に紅茶をいれてもらっていた。彼がそんなことをするなんて、病院では想像もしなかった。

教授は一緒に紅茶を飲む相手としても最高で、大叔母は顔を輝かせて彼とのやりとりを楽しんでいた。やがて教授は立ちあがり、ポリーと握手をした。

「ぜひまたお会いしたいですね」

その言葉に、ポリーはにっこりと笑った。「私はずっとここにいるから、気が向いたらいつでもいらして。ジョージーナ、玄関まで教授をお送りしてちょうだい」

玄関の外にはいかにも高級そうなロールスロイスがとまっていて、ジョージーナはあっけにとられた。

「それじゃあ、さよなら、ミス・ロッドマン」教授は事務的に握手をし、さらに言った。「一つだけいいかな？　僕たちと一緒にいるときは、いつも看護師用の白衣を着ていてほしい。自由時間に出かけるときは、もちろん別だが」

自分の着古したスラックスとセーターという格好を思い出し、ジョージーナは居心地の悪い気分になった。「あの、いつもこんなにみすぼらしい格好をしているわけではないんです！」

教授は冷ややかな目をジョージーナに向けた。

「みすぼらしいだって？　僕が言ったことは、今の君の格好とはなんの関係もない」彼女の頭のてっぺんから爪先まで視線を走らせる。「それに、その格好はとてもよく似合っている」

ジョージーナはぽかんと口を開けた。新品ではないにせよ、いかにも高級そうなツイードの上下を着ている男性から、そんなことを言われるなんて。もちろん、冗談に決まっているわ。彼女は思ったままを声に出した。

「さっきも言ったが、お嬢さん、僕は思ってもいないことは口にしないたちなんだ」

ジョージーナは顔を赤らめた。「まあ。それなら理由を聞いてもいいですか？　つまり、白衣を着ることの」彼女は教授を見あげた。あたりがたそがれてきたせいで、大きな体がなんとなくますます大きく見える。

表情を読み取るのはむずかしかったが、声の響きは断固としていた。「いや、だめだ」教授はそっけなく言った。「それじゃあ、失礼するよ」

足早に歩き出した教授は門のところで振り返った。「ベアトリクスとコルがよろしくと言っていた」次の瞬間、彼は車に乗りこんで帰っていった。

「とても楽しい人ね」居間に戻ると、大叔母が言った。教授を気に入ったようだ。「あなたがお茶を取りに行っている間に、自分のことを少し話してくれたのよ」ポリーは人からなにかを聞き出すのがうまいのだ。「結婚はしていないんですって」

「まあ」ティーカップとソーサーを持つジョージーナの手が震え、かちゃかちゃと音がした。動揺していると、気づかれなければいいのだけど。

「でも、近々結婚するそうよ。お相手はどんな方なのかしらね？　オランダにも家があって、そちらにもよく行くそうだから、オランダ人の女性かもしれないわね」大叔母は上品な眼鏡を小さな鼻の上にちょこんとのせた。「編み物の道具を取ってちょうだい」ジョージーナが言われたものを渡すと、大叔母はお気に入りの複雑な編み物を始めた。その編み方が好きだからというだけではなく、作業に気持ちを集中させると、ほかのことを考えずにすむからだ。

「男の子の世話をするのはいやじゃないの？」

「いやなんかじゃないわ、叔母さん」そう答えたジョージーナは、教授の家で暮らすのはきっと楽しいだろうと考えている自分に気づいた。

数日後ジョージーナは病院に戻ったが、コルは家に帰ることについてはなにも言わず、彼女も自分から口にすることは控えていた。エイフェルト教授とふたたび顔を合わせたのは、翌朝の七時を過ぎたころだった。前の夜も忙しかったのでジョージーナは疲れきっており、髪はほつれ、寒さと化粧を直さなかったせいで鼻がてかてかしていた。

この人って、私がいつもいちばんひどい格好をしているときに現れる。「おはようございます、教授」「おはよう、看護師さん。どうやらひと晩じゅう大活躍だったようだね」

彼女は流しで器具を洗っていた。「ええ、真夜中と朝の五時に薬物の過剰摂取者が運ばれてきたので、すっかり仕事が増えてしまったんです」作業を続けながら、ちらりと教授を見た。

「最初の患者のことは、ドクター・ウッドロウから電話で聞いたよ。もう峠は越しているはずだ」

そこへドアが開いて、日勤の看護師がぞろぞろと入ってきた。いちばん後ろで全員をせきたてているのはグレッグだ。みんなは教授に興味津々の目を向けながらも仕事に取りかかったが、グレッグだけはいつまでもぐずぐずしていた。ジョージーナを無視して教授にとても魅力的な笑みを向ける彼女の今日の化粧は完璧で、ヘアスタイルにも隙がない。

グレッグは思いきり愛想よく言った。「夜勤の看護師はもう上がる時間なので、私がお手伝いしましょうか、教授？」

ジョージーナは怒りをのみこんだ。夜勤の看護師で悪かったわね！　看護師としての腕なら、グレッグに負けない自信がある。でも、言い返してもなんにもならない。すると教授がこっそりウインクをして、穏やかな声で言った。「よかった。ええと……看護師さん。手を貸してくれたら助かるよ。僕はロッドマン看護師と話し合いたいことがあるのでね」

気がつくと、ジョージーナはまくりあげていた袖を戻しながらドアへと向かっていた。廊下に出たとき、教授は楽しそうに言った。

「僕たちの計画をコルに話そうと思うんだ。時間はあるか？」彼女はうなずき、脚の長い教授に遅れまいと懸命に歩いた。小児病棟へと続く階段を半分ほどのぼったところで、教授は立ちどまって申し訳なさそうに言った。「人よりも歩くのが速いことを忘れていた。ついてくるのが大変だっただろう」

病室に入る前から、食事のことでもめているらしいコルの声が聞こえてきた。二人が部屋に入ったとき、少年はオートミールの入ったボウルをつき添いの看護師に投げつけようとしていた。「ユリウス、ジョージー！　二人一緒に来てくれるなんて、すごいや。ジョージー、こんなまずいもの、あっちへやるように言ってよ。僕は食べたくない」そう言いながら、コルはいとこの表情をうかがった。

教授はなにも言わず、かすかな笑みを浮かべて、どこか困ったように眉を上げた。ジョージーナはコルのベッド脇のテーブルにボウルを置いた。「じゃあ、大きくなれなくてもいいのね？」

「どういうこと？」

「食べなければ、大きくならないもの。自分の後見人と同じくらい大きくなりたいって、言っていたわよね？」

「後見人って、ユリウスのこと？」

「そうよ」

「なぜ、ユリウスって言わないの？」

「それは……」彼女は教授の方をちらりと見た。

ポケットに手を突っこんだまま、教授はジョージーナを見ずに言った。「お行儀が悪いぞ、コル。謝りなさい」だが、小さないとこに向けられた青い目には愛情がこもっている。「君の脚がいい状態でないことも、こんなふうにベッドに縛りつけられているのが気に入らないこともわかっている。でも、失礼な態度をとる言い訳にはならないぞ」それから顔いっぱいにやさしい笑みを浮かべたので、ジョージーナの胸はどきりとした。

コルも笑顔になった。「ごめんなさい、ユリウス。僕が悪い子だった。ジョージー、大好きなジョージー。本当にごめんなさい。悪かったよ……」

「いいのよ、コル。本当はそんなつもりじゃなかったんでしょう？　さあ、オートミールを食べてしまいなさい。そうすれば話ができるわ」

コルは冷たくなったオートミールをスプーンですくいはじめた。「今日はなぜこんなに早いの、ユリウス？」

「ここで仕事があったんだ。一石二鳥というわけだよ」ジョージーナのなにか言いたげな目を見て、教授はくすくす笑った。「ずいぶんと場違いな言い方だったな」

ボウルが空になると、ジョージーナはゆで卵とパンとバターを少年に差し出した。

「話がある、コル。今日は十七日だが、あさっての十九日に君は家に帰る」コルが喜びのあまり、大声をあげる。「最後まで聞いてくれ。年が明けても、しばらくは体につけているものをはずすことはできないんだ。それにときどきはレントゲンを撮ったり、整形外科医のドクター・ソウブリッジに診察してもらったりしなければならない。君の世話は、このロッドマン看護師がしてくれる」

コルはパンとバターを置いて、自分の小さな耳が聞いたことが信じられないとばかりにいとこを見た。

「ジョージーが？　僕たちと一緒に家に帰るの？　ユリウスはやっぱりすごいや。クリスマスには家にいられる……。それって、すごくうれしいよ……ユリウス、ああ、ユリウス、大好きだよ！」

「ああ、知っているよ。僕たちだって、君がいなくて寂しかった。君は自分の部屋でじっとしていなければならないが、みんなは君の部屋を自由に出入りできるし、寂しくないようにミス・ロッドマンが一緒にいてくれる」

コルはきらきら光る目をジョージーナに向けた。

「ジョージーもそれでいいんだよね？」彼は不安そうにきいた。

「わくわくしているわ。あなたと一緒にいて、あなたの世話をすることしか、今は考えられない」驚いたことに、ジョージーナはその言葉どおりの気持ちでいた。「あなたがまた自分の脚で立ったら、どんなにうれしいかしら」

エイフェルト教授は二人に自分の計画を話した。ジョージーナはコルが退院する直前まで勤務があるので、休む間もなく出発しなければならないが、ダルマーズ・プレイスに着いたらできるだけ早くベッドに入るように、と教授は言った。彼自身は同行できないものの、ドクター・ソウブリッジがすべてぬかりなく手配し、家に着いたら少年の脚を吊る器具の調整などもしてくれるという。

「しまった、もうこんな時間か。夜勤明けの君をこんなにも引きとめるなんて、うっかりしていた。君が一緒で、僕たちはみなうれしいよ。ベアトリクスが、また君に会えるのをとても楽しみにしていた」

「まあ、そうなんですか? うれしいわ。手紙を書きたいとは思っていたのですが、なかなか……その、私……」ジョージーナはぎこちなく口をつぐんだ。

「わかるよ。でも、そんな遠慮は無用だ。君はしたいことをすればいい」

彼女はほっとした顔になった。「ベアトリクスは私に忘れられたと思っていませんよね?」

「もちろんだ」

緊急治療室に戻ったジョージーナは、怒っているグレッグを無視して看護師長に手短に報告をすませ、食堂へ行った。いつものように最後に座った彼女を見て、誰かが言った。「隅に置けないわね、ジョージー。朝の八時にもならないのに、小児病棟でハンサムな顧問医とデートだなんて!」

別の声が聞こえた。「でも、なぜ小児病棟なの? ちっともロマンティックな場所ではないのに。本当のところを教えてよ、ジョージー」

バターとマーマレードをたっぷりぬったトーストを食べながら、ジョージーナは事情を説明した。話しおえたとき、また誰かが言った。「なんだか不思議ね。覚えている? この間はジョージーだけ、なにがしたいのかまだわからないと言っていたのに。すてきな服も持っていきなさいよ」

ジョージーナは空になったカップを置いた。「そんなもの、必要ないわ。ずっと白衣を着ているようにって、エイフェルト教授から言われているの」

その言葉に、みんなは黙りこんだ。「ジョージー、あなたは乳母でもなんでもないのよ。食事のときはどうするの？　みんなはおしゃれをしているのに、あなたはナースキャップと白衣姿でいるの？　食事のときは、家族と同じ席につくのでしょう？」

「わからないわ。なにも聞いていないもの。一人で食べるのかもしれないわね」なんだか孤独で、さえない話だ。「そのうちようすを知らせるわ」

ベッドに入るころになると、ジョージーナの頭からはダルマーズ・プレイスには行かないほうがいいという考えが離れなくなっていた。やっぱり断ろうと決めて眠りについたが、次の日勤務についたとたん、そんな考えは吹き飛んだ。ベアトリクスから葉書が届いていたのだ。誤字はあったものの、その文面にはジョージーナに会える喜びがあふれていた。

4

一行は午後六時ちょうどにダルマーズ・プレイスに着いた。ジョージーナにとってもコルにとっても決して楽な旅ではなく、救急車が門をくぐったとき、彼女は安堵《あんど》のため息をもらした。

門を入ってすぐのところにある木造の小屋のドアが勢いよく開いたかと思うと、腰の曲がった背の高い男性と背が低くて恰幅《かっぷく》のいい女性が現れ、元気よく手を振った。二人のことを伝えられて、うとうとしていたコルの顔が明るくなる。「庭師のミスター・レッグと、家のことをしてくれるミセス・レッグだよ。ようやく着いたんだね、ジョージー！」

家の中は明るい光に包まれ、玄関には大きな暖炉があり、火が赤々と燃えていた。コルの部屋は二階の広い廊下に面し、入口も広かったので、治療に必要なものをすべて運びこむことができていた。

コルが閉じていた目を開け、白く小さな顔をうれしそうに輝かせた。「僕の部屋だよ、ジョージー」

家に帰ってくることは、コルにとってとても大切なことだったのだ。そこへ、ドクター・ソウブリッジが約束どおり現れた。

「ソウブリッジのおじさん！　会えてうれしいよ。なんだかひどく疲れたし、脚も少し痛むんだ。でも、ジョージーは僕がいい子だったたって言ってくれた。みんなはどこ？」少年は不安そうにきいた。

ドクター・ソウブリッジは上着を脱ぎながらベッドに近づいた。「みんなは居間にいるよ、コル。まだここに入れるわけにはいかないんだ。僕と看護師で君の脚をきちんと固定するまではね。そうだろう、ええと……看護師さん？」

「先生のおっしゃるとおりよ。大混乱になるに決まっているし、そんなことになったら大変だわ」

コルのやせた脚をしかるべき位置にきちんと固定するには、時間がかかった。やがて、ドクター・ソウブリッジは満足げにうなずいて上着を着た。

「今夜はこれで眠ってもらって、明日になったらレントゲン写真を撮ろう」固定したばかりなのに、また移動させるのだろうかというジョージーナの表情に、医師は気づいたらしい。「この部屋の隣に、可動式のレントゲン機器を用意してある」彼はコルの手を握って言った。「ちょっと看護師さんと君の脚のことを話してくるから、そのまま静かにしていなさい。いい子にしていたら、みんなにここへ来てもらおう」

ドクター・ソウブリッジはジョージーナを部屋の外へ連れていき、あれこれ指示を出した。

「兄や姉妹にあまり長居をさせてはいけない。あの子は疲れているし、君だって休みたいはずだ。できるだけ早く夕食をとって、睡眠を取らせてくれ。私は明日の昼ごろ、また来る」

ドクター・ソウブリッジは帰り、ジョージーナはコルの部屋へ戻った。散らかったものを片づけながら、夕食になにが食べたいかを興奮気味に話すコルの声に耳を傾ける。ようやくオムレツに決まったとき、ドアが開いてベアトリクスが入ってきた。十二歳か十三歳くらいの男の子と、豊かなブロンドの髪を肩まで伸ばした大きな青い目の女の子も一緒だ。

おそらく、二人がフランツとディンフェナなのだろう。ジョージーナは子供たちに笑いかけた。「はじめまして。私はしばらく向こうにいるわ。ベッドにだけは絶対にぶつからないよう気をつけてね」そして、少し離れた場所で報告書やカルテを書いていると、コルに呼ばれた。

「ジョージー、僕の兄さんと姉さんを紹介するよ。ベアトリクスはもう知っているよね？」

ベアトリクスは喜び勇んでジョージーナに抱きついた。「ジョージー、私、ユリウスに病院で縫った糸を抜いてもらったの。泣かなかったら、五十ペンスくれたのよ。すごいでしょう？」

コルと話をしていたディンフェナとフランツが、口をそろえて言った。「ベアトリクス、ちょっと黙ってて！」少女がくすくす笑って静かになると、コルは姉と兄を紹介した。ディンフェナは恥ずかしそうに歓迎の笑みを浮かべ、にっこり笑ったフランツはカレルにとてもよく似ていた。

「あなたのことはなんて呼べばいいの？」フランツがきいた。「弟たちはジョージーと呼んでいるけれど、僕たちはそれじゃまずいよね？ユリウスはいい顔をしないだろうな。そういえば、カレルがあなたのことを話していたよ。今まで見た看護師さんの中でいちばんかわいいって」

四組の青い目が向けられ、ジョージーナの頬がかすかに赤くなった。「みんなはなんて呼びたいの?」

コルが驚いた顔をした。「ジョージーだよ。決まってるだろう?」ほかの子供たちもうなずいた。

「それじゃあ、こうしましょう。あなたたちの後見人に会ったとき、そう呼んでもかまわないかきいてみるわ。でもまわりにほかの人がいたら、ロッドマン看護師って呼んでね」

「もちろん」ディンフェナが言った。「でも、ミスター・ステファンズとミセス・ステファンズとミリーは例外にしてね」

「その人たちは誰なの?」

「ミスター・ステファンズは執事だよ」フランツが答えた。「ミセス・ステファンズは家事をしたり料理を作ったりしてくれるんだ。ミリーもだよ。本当にユリウスにきいてくれる?」

「ええ、もちろん」ジョージーナは時計を見た。「今日、コルはあまり長く話さないほうがいいって、ドクター・ソウブリッジから言われているの。コルの夕食は誰にお願いすればいいのかしら?」

ディンフェナが暖炉脇にある古い真鍮《しんちゅう》の呼び鈴に近づいた。「してほしいことがあったら、ミスター・ステファンズに頼めばいいわ。自分の部屋はもう見た?」

ジョージーナは首を振った。「いいえ、まだよ。時間がなくて」

ディンフェナはぱっと顔を赤らめた。「うっかりしていたわ。ユリウスに怒られてしまう」

ジョージーナは笑った。「私はお客様ではないし、ここへ着いてから忙しかったもの。コルが夕食をとっている間に、荷物をほどいておくわ」

「荷物なら、食事してる間にミリーがほどいてくれるわ。でも、とりあえず部屋を見ましょうよ」

ドアが開いて、ミスター・ステファンズが入ってきた。小柄な執事は顔につやがあり、薄くなっている薄茶色の髪をきちんととかしつけている。知的で生き生きした目をした彼は、黒いラブラドール犬を一匹と猫を二匹連れていた。やんちゃそうな一匹は黄色がかった茶色で、従順そうなもう一匹の猫はぶち模様だ。三匹はベッドの近くで足をとめ、横たわっている少年を見つめた。

コルがうれしそうな声をあげ、ほんの少しでいいから手の届くところに連れてきてほしいと頼んだ。

「一匹ずつよ」ジョージーナが茶色い猫を抱きあげてベッドにのせると、猫はピンク色の鼻先をコルの頬につけた。

「僕に会いたかったんだよ。見て、こんなにうれしそうだよ！」猫はやわらかな前脚でコルをやさしくたたいた。「この子はジンジャーっていうんだ」

ジョージーナはジンジャーを床に下ろし、ぶち猫を抱きあげた。「そうでしょうね。あなたがこの子たちを好きなように、この子たちもあなたのことが好きなんだわ。こっちの猫の名前は？」

「トトだよ。子猫のときはおどけてばっかりだったって、ユリウスが言っていたけど、今は恥ずかしがり屋なんだ」コルがぶち猫の頭を撫《な》でると、猫はお返しにピンク色の舌で少年をなめた。

「次は犬ね」犬は自分で前脚をベッドにのせた。

しばらくじっと見つめ合ったあと、コルがため息をつく。「やあ、ロビー。家に帰れてうれしいよ」

その声が涙まじりなのに、ジョージーナは気づいた。少年は想像以上に疲れているようだ。「これからは毎日会えるわ。さあ、夕食にしましょう」

執事は十分で夕食を持ってくるとつぶやき、動物たちを連れて出ていった。

ジョージーナはしばらく弟と一緒にいてもらえないかとフランツに頼んでから、ディンフェナとベアトリクスに部屋まで案内してもらった。豪華だが居心地のよさそうな部屋には、浴室もついていた。

「あなたはコルの隣がいいだろうって、ユリウスが言ったの。必要なものがあったらなんでも言って。ここを気に入ってくれるとうれしいわ。私、クリスマスが終わったら一年間スイスの学校へ行くのがとても楽しみだったんだけど、一カ月もこの家にいると、どこにも行きたくなくなっちゃった」

「一年なんてあっという間よ」ジョージーナは痛いほどのうらやましさを抑えつけた。スイスに一年間行くことではなく、ディンフェナには戻るべき愛する家がある、ということがうらやましかったのだ。

「夕食のときは白衣を着替えるの？」ベアトリクスがジョージーナにきいた。

「いいえ。あなたたちの後見人から白衣を着ているように言われているの。自由時間はもちろん違うけれど」

二組の驚いたような目がジョージーナに向けられる。ちょっと間が空いて、ディンフェナが言った。

「なんだかおかしな話ね。でもユリウスがそう言うなら、それなりの理由があるはずよ」

ベアトリクスも同意するようにうなずいた。いとこのすることに間違いはないという、絶対的な信頼があるようだ。

ミスター・ステファンズがコルの食事を運んでくると、ジョージーナは部屋の隅でカルテを書き、ときどき手をとめては少年の言葉に返事をした。コルが食べおわったあとは、トランプをした。

その途中でドアが開いて、エイフェルト教授が入ってきた。ジョージーナはあわてて立ちあがり、堅苦しい口調で言った。「こんばんは、教授」

「看護師さん、お願いだから、僕の顔を見るたびに飛びあがるのはやめてくれないか？　僕の神経がもたない。ところで、君は夕食の前に少し時間が欲しいのではないかと思ったんだ。コルには僕がついている。呼び鈴が鳴ったら一緒に階下《した》に行こう」

彼女は喜んで言われたとおりにした。白衣のまま食事をするのはしかたないとしても、化粧を直し、髪を整えておきたかった。

十分後、鏡の前に立って自分の姿を見つめていると、夕食を知らせる呼び鈴が鳴り、ジョージーナはコルの部屋に急いだ。漠然とだが、教授は時間にうるさい人のように思えたからだ。

教授はベッドの横に立っていた。

「コルは早く休んだほうがいいと、ドクター・ソウブリッジに言われました」彼女は告げた。

「それじゃあ、言われたとおりにしなければ」彼はいとこにおやすみを言って少し離れ、ジョージーナはベッドカバーや枕を直した。

「これでいい？　明かりは消すけれど、ドアは開けておくわね。呼び鈴は手の下よ。食事が終わったら、ようすを見に来るわ」


コルは眠そうにうなずいてあくびをし、それから目を大きく開けた。「僕、普通は女の人にキスさせないんだ。でも、ジョージーにはおやすみのキスをしてほしいな」

ジョージーナはベッドカバーの上の細い指を握って身をかがめ、少年の頬に軽くキスをした。「おやすみなさい。明日になったら、いろいろすることを考えましょうね」

階段を半分ほど下りたとき、教授が言った。「本当にめずらしいんだ。コルは母親を亡くしてから、誰にもキスさせなかった。姉妹は別として……」

「いいえ、めずらしくはありません。看護師って母親のようなものですから。母親が普通、子供にするようなことならなんでもするんです」

「そのとおりだな。いずれにせよ、うれしいよ」

ダイニングルームではジョージーナが末席に座り、その隣がベアトリクス、向かい側が教授だった。

かにも幸せそうな家族が食卓を囲む雰囲気に堅苦しさは少しもなかったが、出された食事は質素とは言いがたかった。車エビのカクテルにガチョウのロースト、そしてホイップクリームたっぷりのチョコレートムースは、ジョージーナにしてみれば大変なごちそうだ。教授とその一族は優雅な暮らしをしているに違いない。

食事が終わると、みんなで客間に移動してコーヒーを飲んだ。教授の膝にのっていたベアトリクスがあくびをするころ、彼は言った。「ベッドにお入り、お嬢さん」

それを機に、ジョージーナは立ちあがった。「私が連れていきます。失礼でなければ、そのまま休ませていただきたいのですが」

「ああ、僕としたことが！　君は一刻も早く休みたいに決まっているのに。だが明日の朝、僕は早くに出かけなければならないので、今夜のうちに話しておこうと思ったことがあるんだ」

「それなら、ベアトリクスを寝かせたらまた戻ってきます」

「だめだ。今日はベッドに入りなさい、ミス・ロッドマン。だが明日、出かける前に会えたらうれしい。僕は七時半に朝食をとるから、そのときに話をしないか？　一緒に朝食をとは言わないが、コーヒーくらいはつき合ってほしいな」

ジョージーナはベアトリクスの手をしっかりと握って、二階へ連れていった。少女の部屋は主廊下の先の小さな通路に入ったところにあって、コルの部屋よりも狭いが、いかにも小さな女の子が喜びそうな家具が並んでいた。「すてきなお部屋ね、ベアトリクス。おとぎばなしから出てきたみたいで」

ベアトリクスはベッドによじのぼった。「ええ、そうでしょう？　私、ここへ来たときはすごく小さかったから、夜目を覚まして怖くなったときのために、ユリウスは私の部屋を自分の隣にしてくれたの」

少女は小さな体をぎゅっとまるめ、耳までベッドカバーを引っぱりあげると、ジョージーナにおやすみのキスをねだった。ジョージーナは言われたとおりにし、たんすの上に置かれた常夜灯をつけて自分の部屋に行った。コルの部屋からはなんの物音も聞こえないが、そっと中に入って少年が眠っていることを確認する。それからコルの部屋へつながるドアを開けたまま、ようやく自分のベッドに入った。

目が覚めたとき、あたりはまだ暗かった。そっとドアをノックする音が聞こえたあと、ややあってから、ミリーが紅茶を持って入ってきた。「おはようございます、看護師さん。バスタブにお湯を張っておきますね」そして、来たときと同じように音をたてずに出ていった。ジョージーナは湯を使って白衣を着ると、つやのある髪にモスリンのナースキャップをのせ、ダイニングルームに下りていった。

教授はすでに席についていて、朝食を半分ほど食べおえていた。郵便物をチェックしているのか、皿のまわりや床の上には手紙が散らばっている。ジョージーナを見た彼は、立ちあがって愛想よく言った。

「おはよう、ロッドマン看護師。よく眠れたかな？コーヒーは自分でついでくれ」

ジョージーナは『タイムズ』をどけて座り、コーヒーをついだ。

「はっきりさせておくべきだと思うこまごましたことに関して、リストを作っておいたのだが……」教授はそう言って、雑然とした手紙の山をさぐりはじめたが、めあてのものは見つからなかった。しびれを切らしたジョージーナは手紙をきちんと並べ直し、部屋の隅からゴミ箱を持ってきて、床に散らばっている不要な手紙をその中に入れた。

「よけいなことをしてごめんなさい。でも、こんなごちゃごちゃしたところで考えろと言われても、気持ちを集中させることはできませんので」

教授は黙って彼女を見つめ、残っていたコーヒーを飲みほした。

ジョージーナの頬が赤くなった。「失礼なことをするつもりはなかったんです」そして、リストに並べられた項目に目を通した。

話し合いはじきに終わった。「そろそろ出かけなければ。早起きさせてすまなかったね」

「病院では早朝勤務もあるので、たいしたことじゃありません」教授が時計を見たので、彼女はあわてて言った。「子供たちに私のことをジョージーと呼ばせてもいいでしょうか？　もちろん、子供たちの間だけで」顔をしかめる彼を見て、さらにあわてて続ける。「私ならかまいません。あなたさえ気にしなければ」

教授は立ちあがった。「君の看護師としての威厳がおびやかされるのでなければいいだろう。だが、僕が君をロッドマン看護師と呼びつづけても、反対しないでくれよ」なんと答えようかとジョージーナが考えているうちに、教授は出かけていった。コルの部屋へ行くと、少年はもう目を覚ましていた。

「ずっと前から起きていた、ジョージー？　出かけるユリウスには会った？　彼は出かけるとき、二回笛を鳴らすような音をたてるんだ。これから忙しくなるらしいよ」コルはとても大切なことを打ち明けるように言った。

「私たちも同じよ。まずは、あなたの体温をはかることから始めましょう」

手と顔を洗うコルを手伝っているとき、ベアトリクスがやってきた。ジョージーナがコルの髪をとかすようすを、部屋着姿のまま不機嫌そうに見つめている。「なぜ私にも同じようにしてくれないの？」

「あなたは病気じゃないもの。ああ、コルも病気じゃないわね。でも、あなたは脚を固定されていないないでしょう？　だからコルが自分で自分のことができるようになるまで、私がお世話しないと」

「私もお世話されたい」ベアトリクスが食いさがった。「病院ではしてくれたわ」

「それが私の仕事だからよ。だけどここにいる間でも、少しならしてあげられるわ。コルのお世話のじゃまにならない程度にね。着替えてきたら、髪をとかしてあげましょう」

三十分後、朝食が運ばれてきたコルを置いて、ジョージーナはベアトリクスとダイニングルームに下りていった。

フランツはもう朝食を食べおわるところだった。

「学校へ行くのね。そこは遠いの？」

彼は首を振った。「いや、自転車で行けるよ」

「全寮制の学校に進学するの？」

フランツは驚いた顔をした。「いや、しないよ。父さんがそういう学校を好きじゃなかったし、ユリウスも同じなんだ。オランダ人は子供を全寮制の学校に行かせたりしないから。大学に進学する年になったら、カレルと同じケンブリッジ大へ行こうと思っている。カレルは週末、ここへ戻ってくるって」

ベアトリクスの世話をやきながら、ジョージーナは食事をした。フランツが出かけ、二人が食べおわるころ、ディンフェナが姿を現した。「ああ、私っていつも最後なのよね。学校に行くとき、早起きがいやでならなかったの。あなたもそうだった？」

「いいえ。病院の勤務は六時半からの日もあるから」ディンフェナが恐ろしそうな表情を浮かべ、ジョージーナは声をあげて笑った。「ところで、ベアトリクスがコルの部屋へ来るなら、一緒にトランプをしたり本を読んであげたいと思っているの。昼食のあとで一時間ほど出かけるときは、あなたがコルと一緒にいてくれるだろうとエイフェルト教授が言っていたけど、大丈夫?」

ディンフェナはうなずいた。「ええ、もちろんよ。そベアトリクスはコルと遊びたくてたまらないの。そうよね、ベアトリクス?」

少女の小さな顔がぱっと明るくなった。

「それじゃあ、決まりね。コルのお世話をして、そのあとレントゲンを撮るけれど、昼食まで時間はたっぷりありそう」ジョージーナは言った。

しかし、思ったより午前中はあわただしかった。ドクター・ソウブリッジは予定よりも早くやってきて、三十分ほど格闘した末にレントゲン写真を撮りおえ、ベッドに腰を下ろした。「毎日、どうやって過ごすつもりなんだね?」

コルは考えこんだ。「まだ決めてはいないけど、いろいろ考えようってジョージーが言ってる」

ドクター・ソウブリッジはジョージーナをちらりと見た。「そうなのか、看護師さん?」

「いろいろしたいことが頭に浮かんでいて、コルが自分の脚で立てるようになるまでにその半分も実現できるか、わからないほどです」

うなずいた医師は、エイフェルト教授がジョージーナにいとこの世話を頼んだのはいい選択だったかもしれない、という顔をして立ちあがった。「それなら、長居は無用だな。私を玄関まで送ってくれたら、その間に必要な話をしよう」

廊下に出たとき、老整形外科医は言った。

「理学療法士をよこそうと思っているんだが、毎日は無理なんだ。説明をしてもらうから、来ない間のマッサージは君に任せても大丈夫か?」ジョージーナがうなずくと、彼は続けた。「コルは頭のいい子だ。あの子を満足させるのは大変だぞ」

「やりがいがあります」

階段のいちばん上で、医師は振り返った。「ところで君のことをジョージーと呼んでもいいかな?」

ジョージーナのきれいな目がきらきらと輝いた。

「もちろんです、先生。みんな……いえ、ほとんどの人が」彼女は教授のことを思い浮かべて訂正した。「私をそう呼びますから」

それからはベアトリクスを呼んで、三人でにぎやかにトランプを楽しんだ。三匹の動物たちは、コルのボディガードのようにそのようすをじっと見つめている。ジョージーナは、二人が大きな声を出しても叱らなかった。ここで元気を発散させておけば、午後は静かにさせやすいだろう。そして昼食がすむと、ディンフェナにつき添いを代わってもらった。

すばやく服を着替えたジョージーナは、おいしい昼食を食べすぎたので村まで歩こうと思った。散歩は体にもいいし、気持ちもいい。ところが玄関を出ようとしたとき、べそをかいたベアトリクスがコートをあたふたとはおり、階段を下りてきた。「私も一緒に行っていいでしょう、ジョージー？　一人じゃ寂しいの。話したくなければ黙っているわ。私、歩くのも速いのよ。ユリウスがそう言っていたわ」

ひどく悲しげな顔を向けられては、やさしいジョージーナには断れなかった。本当は考えごとをしたかったので一人のほうがよかったが、どうせそのほとんどは教授のことなのだ。彼女はベアトリクスににっこりと笑いかけた。

「あなたと一緒なら、うれしいわ。村まで歩ける？　その間、いろいろなことを話して。私、買いたいものがあるの」かがんで小さなコートのボタンをかけ直してやり、赤い頬にそっとキスをすると、たちまち少女にぎゅっと抱きしめられた。

「ああ、ジョージー、あなたのことが好きよ。私たちみんな、そうなの。でも、私がいちばん好きよ」

散歩はとても楽しかった。寒いが天気のいい午後で、二人は手をつないだままてくてくと歩いた。ベアトリクスはよくしゃべり、二言目には教授の名前を出した。ベアトリクスの小さな心の大きな部分を彼が占めているのは明らかだ。

「ユリウスは結婚していないの」ベアトリクスは言った。「でも、私とディンフェナを合わせたようなすてきな人を見つけたら、すぐにでも教会に連れていくんですって。だんだん年をとって、もう三十三歳なのよ。あなたはユリウスと結婚なんかしたくないわよね、ジョージー？」

ジョージーナは困惑し、頬を染めた。「そうね、二人の人が結婚するには、お互いのことをとてもよく知っていないといけないもの。あなたの後見人と私は、単なる仕事上の知り合いだし。彼がコルの世話をするために私を雇ったのは、家庭教師や話し相手をしてくれる女性を雇うのと同じなのよ」

少女は小さく鼻を鳴らした。「ジョージーったら。あなたは家庭教師でも話し相手でもないわ。私たちは、昔いた家庭教師が大嫌いだったの。よくつねられたし……」

「まあ、本当に？」

少女はうなずいた。「ええ、そう。でもユリウスには言わなかったの。彼は告げ口をする人が嫌いだから」

どの子も、なにかというと後見人はどうなのか引き合いに出す癖があるらしい。自身もすっかり魅了されているくせに、そのことは棚に上げて、ジョージーナはため息をついた。

夕食のあとで、コルとベアトリクスに眠る前のお話を読み聞かせる準備をしていると、〝電話です〟とミスター・ステファンズから告げられた。大叔母のポリーからに違いない。つまずいて、脚でも折ったのだろうか？　あるいは、真鍮の炉格子に頭をぶつけたとか？　そんな事柄ばかりが頭に浮かび、ジョージーナは階段を駆けおりた。

書斎のドアを開けたとき、ディンフェナがジョージーナには理解できない言葉で話していた。ジョージーナを見て、彼女が英語に切り替える。「ユリウスがあなたと話したいんですって」そう言ってほほえみ、部屋から出ていった。

よけいな心配をしたせいで、ジョージーナはぶっきらぼうな口調になった。「ロッドマン看護師です」だが教授の落ち着いた声が聞こえると、たちまちうれしさがこみあげてくる。

「ご機嫌が悪いようだな、看護師さん。迷惑なときに電話してしまったんだね？」

彼女は顔を赤らめた。「いいえ、ちっともそんなことはありません。大叔母になにかあったのかと思ったので……」

「ああ、そうか、なるほどね。毎日、電話してあげるといい」

「ありがとうございます」彼の背後はなにやらざわついているけれど、病院にでもいるのだろうか？

そう考えながら、コルの一日を手短に報告した。

「それで、君は午後の自由時間になにをしたんだ、ロッドマン看護師？」

ジョージーナは散歩のことを話したものの、驚いたことに、途中で教授の鋭い言葉にさえぎられた。

「自由時間にまで子供の相手をするのはよくない。そんなことが二度と起こらないように、なんとかしよう」

怒りで顔を赤くし、ジョージーナはなんと答えようか懸命に考えた。

「どうやら、僕は君を怒らせたようだね？」

「あなたは厳しすぎます。ベアトリクスは寂しいんですよ。あなたは寂しい思いをしたことがないのですか？　あの子にはおしゃべりをする母親もいないし、とても大切に思っているあなたは一日じゅう家を空けているのに」彼女ははっとした。「ああ、いや、ごめんなさい！」そして、息を殺して教授の言葉を待った。

「そうだな、ミス・ロッドマン。たしかに僕は家を空けて、パーティに来ている。それから君の質問に答えるなら、僕だってたびたび孤独を感じているよ。だが、どちらも看護師である君とはなんの関係もないことだ。おやすみ」

ジョージーナは少しばかり震える手で受話器を置いた。教授が腹をたてていることを気にするなんてばかげている。だけど、彼をかわいそうだと思うのはもっとばかげているわ。

のろのろとコルの部屋に戻り、グリム童話『忠臣ヨハネス』をコルとベアトリクスに読む間も、ジョージーナの頭の中ではずっと自分とは違う声が聞こえていた。孤独を感じているよ、と言う教授の声が。

5

睡眠不足のまま、ジョージーナは朝を迎えた。ベッドに入ったのが遅かったのは、エイフェルト教授が帰ってくれれば謝る機会もあるのではないかと思ったせいだ。早朝に目が覚めてベッドでぐずぐずしていると、窓の下を通る車の音が聞こえた。

すぐに着替えて部屋から出たが、彼はすでに出かけたあとだった。

その後、コルに一日の準備をさせ、ベアトリクスの髪に丁寧にブラシをかけおえてから、ジョージーナは小さな赤いノートを取り出した。そして、昨夜ベッドの中で書いたことを二人に読んで聞かせた。

「毎日することがたくさんあるから、こうして書きとめておけば、三人でその中のどれをするか選ぶことができるでしょう?」彼女はコルを見た。「ところで、オランダ語は話せるの、コル?」

「もちろんだよ、ジョージー。ユリウスと僕はときどきオランダ語で話すんだ。みんなも話せるよ」

「私は話せないの。だからこれから毎朝、教えてくれない? 病院に戻ったとき、オランダ語が話せると言えたら格好いいと思って」

コルは興味を覚えたようだ。「いいね。なんだか楽しそうだ」

「私も楽しみよ。コル、チェスはできる?」

「できない」そして、少年は当然のようにつけ加えた。「ユリウスはできるけれどね」

「内緒で教えましょうか? ある日、彼をチェスに誘ったら、きっとびっくりするはずよ」

「うん、そうだね。ほかにどんな考えがあるの?」

ジョージーナが答える前に、ベアトリクスがしょんぼりした声で口をはさんだ。「私は?」

「あなたのこともいろいろ考えているわ。クリスマスが近いでしょう? だからいろいろな飾りつけをして、プレゼントもたくさん用意しましょう。カードも手作りにしようと思うの」ジョージーナは先ほどよりもさらに小さなノートを二冊取り出した。「ここにそれぞれ必要だと思う品を書いてちょうだい。仕事がお休みの日に、こっそり手配するわ」

午前中はまたたく間に過ぎていき、昼食が終わると、ジョージーナは熱心にノートに書きこむコルをディンフェナに託した。ディンフェナは雑誌の山をかかえてコルの部屋へやってきた。

玄関先では、ベアトリクスがジョージーナを待っていた。「かまわないでしょう、ジョージー? 一緒に行っていいって、昨日言ったよね?」

答える代わりに、ジョージーナは小さな手を包みこんだ。「行きましょうか?」

散歩から戻ってきた二人を、ミスター・ステファンズが玄関ホールで待ち構えていた。

「コル様のお部屋にお茶を運びました。あなたがそうお望みになると思いましたので」

ジョージーナはうれしそうににっこりした。「まあ、お気遣いをどうも、ミスター・ステファンズ」

みんなはたっぷりと紅茶を飲んだ。フランツも前日より早く帰ってきて、バターをぬったトーストを食べながらあれこれと話をした。やがてジョージーナはコルのベッド脇に座り、みんなにサッカレーの『バラとゆびわ』を読み聞かせた。この物語が大好きなので、読み方にも自然と気持ちがこもる。

がみがみ公爵夫人の名ぜりふまでくると、ジョージーナは奇妙な感覚にとらわれて顔を上げた。みんなの視線が彼女の背後のドアに向けられている。教授がドアに寄りかかり、手をポケットに突っこんでジョージーナを見つめていたのだ。

いったい、いつからいたのだろう？　ジョージーナはあわてて立ちあがりかけたが、いちいち飛びあがるなという彼の言葉を思い出して座り直した。脚から力が抜けて体を支えられそうになかったので、ちょうどよかった。彼に笑顔を向けたい気持ちを抑えこみ、本をしっかりと握ったまま、取りすましした顔を向ける。

「おじゃまだったかな？」教授が言った。「それと、お茶の時間にも遅刻したかな？」

部屋にいたジョージーナ以外のみんなは、あわてて首を振った。教授がすぐさま暖炉のそばに座り、ベアトリクスを膝にのせる。その間にミリーが運んできた新しい紅茶を、ディンフェナが教授のためについだ。

「すばらしい過ごし方だな」教授が言った。「誰が考えたんだ？」

さまざまな声がいっせいに答えた。「ジョージーよ。コルも気に入っているのよね？　こうしていれば、退屈しないですむもの」

教授は少しばかり笑い声をたて、ジョージーナに視線を向けた。「ロッドマン看護師がついているのに、退屈するわけがないよ」

ジョージーナが顔を赤らめると、『バラとゆびわ』が音をたてて膝から落ちた。

「続きを読まないのか？　僕は恐ろしいがみがみ公爵夫人が大好きなんだ」

ジョージーナは激しく首を振った。ナースキャップが片方に傾き、髪が少しばかりほつれる。「いいえ、やめておきます。それよりみんなはおしゃべりがしたいはずだから、私はミセス・ステファンズとコルの夕食について相談してきますね」

誰にも声をかける隙を与えずに、ジョージーナは部屋を飛び出した。頭の中はすっかり混乱している。恋に落ちたらどんな感じなのかしらと今まで幾度となく考えてきたけれど、どれも違っていた。今まで知り合った男性たちに、こんな感情を呼び覚まされた経験はない。階段まで来た彼女はいちばん上の段に座り、頬杖《ほおづえ》をついて頭の中を整理しようとした。だからドアが閉まる音にも、廊下に敷かれた分厚い絨毯《じゅうたん》を歩いて近づいてくる足音にも気づかなかった。

教授が隣に座る。「ゆうべの君の批判がどれほど僕の痛いところをついたか、わかっただろう？」

ジョージーナは口から飛び出しそうな心臓をなんとか押し戻した。「批判だなんて……そんなつもりはなかったんです。でもこの厄介な舌が、いつも勝手に動いてしまって」

教授はぴかぴかに磨きあげられた自分の靴を見つめた。「僕は自分の家で独裁者になっていることを、君に非難されていると思ったんだ。そんな不安は根拠がないものだった、と理解していいのかな？」

立ちあがって、この場を去ることができればいいのに。どこでもいいから、絹のような彼の声からできるだけ遠くへ。「もちろん、あなたは独裁者なんかではありません。子供たちはみんな、あなたのことが好きです。ただ、今のあなたには……」

ジョージーナが言いよどむと、教授が続けた。

「妻がいないから大変だと？　そう言おうとしたのか？　そうだな。だが、僕はようやく結婚することに決めたんだ。だから大丈夫だ」

教授が立ちあがったので、ジョージーナからは顔が見えなくなった。彼女も立ちあがったとき、教授が言った。

「コルのためにいろいろ工夫してくれているようだが、詳しい内容を聞かせてくれないか？」

差しさわりのない話題に変わって、ジョージーナはほっとした。「コルは一日おきに、自分で夕食のメニューを考えています。そうでない日は、ミセス・ステファンズと私が知恵を出し合っているんです。そうすれば、あの子を飽きさせずにすむので」

二人は階段を下りはじめた。「コルは退屈しているのか？」

「今はまだ大丈夫ですが」ジョージーナは磨きこまれたオーク材の手すりに手をすべらせた。

「秘密の計画がたくさんあるらしい、とも聞いている。君は今日の午後も散歩に行ったのだろうね、看護師さん？」

「ええ」

「ベアトリクスとか？」

二人は階段を下りきった。「そうです」口論になるのを覚悟したものの、教授の答えはジョージーナの意表をつくものだった。

「一緒にいると楽しい子だろう？」彼は眉を上げた。「驚いた顔をしているね、ミス・ロッドマン。僕は改心したと、はっきり伝えたはずだが。君の陰謀に口をはさむつもりはないよ」

ジョージーナは眉をひそめた。「陰謀だなんて。子供たちは忙しくさせておく必要があるし、私にはたくさん時間があるというだけです。家庭教師を頼んで、一日に一時間だけでも勉強を教えてもらうことはできないでしょうか？」

教授は口の端に笑みを浮かべ、申し訳なさそうに言った。「君の考えを横取りしたわけではないが、そのことに関してはすでに手を打ってある。ただ、君に話す時間がなかったんだ。これでコルとベアトリクスは退屈しているひまなどなくなるだろう」彼は書斎の方を向いた。「もし君の計画がすべて実を結ぶなら、僕が妻をもらう必要はないかもしれない。そのことについては、どう思う？」

ジョージーナは深く息を吸い、できるだけそっけなく言った。「あなたの個人的な生活が私に関係あるとは思えませんが、教授」

「それはどうかな」エイフェルト教授は広い肩をすくめ、書斎へと消えていった。

次の日は土曜日だったので、カレルがケンブリッジから帰ってきた。彼はジョージーナに会えた喜びを隠そうともせず、そのせいか昼食のとき、教授は彼女に対してよそよそしく距離を置いていた。

その日の午後の散歩に、ジョージーナは一人寂しく出かけた。教授がみんなを連れて、サフロン・ウォルデンに住む友人を訪ねると宣言したからだ。それなら、コルは私が見ているとジョージーナが申し出ると、もうミリーに頼んだと言われた。「毎日午後は休憩し、週に一日は自分のために休むという取り決めを守るべきだ」

ジョージーナは口先まで出かかっていた言葉をのみこんで不快な表情を向けるにとどめ、ふたたびカレルとケンブリッジのことを話しはじめた。コーヒーを飲みに客間へ向かおうとしたとき、教授が近づいてきた。

「君は僕の……ええと……独裁者ぶりに自分を巻きこむなと思っているはずだ、ミス・ロッドマン。だが僕が一度決めたことは、君がにらんでも変わらない。残念だが、そんな僕に我慢してもらわなければ」

その日、ジョージーナが教授とふたたび顔を合わせることはなかった。サフロン・ウォルデンから戻ってきたみんなによると、教授だけは友人たちとの会食を楽しむために残ったらしい。

休みの日、ジョージーナは大叔母と一緒に過ごすつもりで早起きをした。家を出る前にコルの世話をすませ、自由に使うことを許されているミニに乗って出かける。厚い雲にじゃまをされて太陽がなかなか顔を出せないせいか、あたりは寒い。それでもこぢんまりとした大叔母の家は温かく見えた。しかし大叔母たちにやさしく温かく迎え入れられても、ジョージーナの漠然とした不幸な気持ちが消えることはなかった。それどころか時間がたつにつれて彼女はよけいにふさぎこみ、ポリーがいつものように教授のことを話題にするとますます落ちこんだ。

前の夜、教授はとても遅くに帰ってきた。いったいどこへ行っていたのだろう？　もっと気になるのは、誰と一緒にいたのかということだ。

大叔母がきいた。「あの人なら、友人がたくさんいるに違いないわ。サフロン・ウォルデンの、なんていう人を訪ねたの？」

ジョージーナはいらだたしげに暖炉の火をかきまぜた。「シンデンとか、シンディングとかいう人よ……はっきりとは知らないわ」

ポリーはうれしそうな声をあげた。「シンディング家の人たちね。クララ伯母さんが亡くなる前に親しくしていた人たちよ。たしかご主人はどこかの会社の重役で、子供が数人いたはずだわ。あなたと同じくらいの年ごろでね、どのお嬢さんもかわいらしいの。あなたの教授は、もしかしたらそのうちの誰かに目をつけているのかもしれないわね」

ジョージーナは火かき棒を投げ出した。「私の教授なんかじゃないわ。私はコルの世話をするために雇われた。ただそれだけよ」

夜の八時にダルマーズ・プレイスに帰り着いたとき、客間からはにぎやかな男性たちの声にまじって女性の声も聞こえ、ジョージーナは一段飛ばしで二階に駆けあがった。きっと教授は暖炉脇の大きな椅子に座り、シンディング家の美しい娘たちに目を奪われているに違いない。そんなことを考えながら、コルの部屋のドアをそっと開ける。執事に戻ったと伝える前に、ようすを見ておきたかった。

暖炉のそばにあるテーブルにはランプが一つともされ、教授がその横の椅子に座り、膝や床に書類を散乱させていた。コルは眠っているようだ。

魔法をかけられたように、ジョージーナは動けなかった。教授が立ちあがり、書類がいっそう散らばる。「ひどく腹をたてているようだね。このわずかな光の中でも、君が目を光らせて荒々しく息をしているのがわかるよ。そして賭けてもいいが、歯ぎしりもしている」

そう言うあなたは、私を見つめながら絶対におもしろがっている。まるで、患者の興味深い症状を観察するみたいに。ジョージーナは思った。

「コルは眠っているが、君が帰ったらおやすみを言いたいから起こしてほしいと言われている。ここへ来て、座ってくれないか？」

ジョージーナは言われたとおりにゆっくりと歩み寄り、教授の座っている椅子の向かい側にある、小さな初期ビクトリア朝の椅子に座った。かわいらしい椅子は驚くほど座り心地がよかったけれど、彼女は端にちょこんと腰かけるだけにとどめた。

ジョージーナは怒っていた。怒り狂っていると言ってもいい。客間にいると思っていたのに、彼がここにいるなんて……安堵《あんど》とうれしさで、どうしていいかわからない。手袋をきちんと重ねて顔を上げると、教授がこちらを見つめていた。「コルを起こしましょうか?」

教授は首を振った。「そろそろ目を覚ますころだ。バックギャモンに夢中になって疲れたんだよ」

「まあ。あなたはずっとここに?」

「お茶の時間からね。夕食をとりに一度抜け出したが」

「つき添ってもらって、ありがとうございました」

「コルと一緒にいるのは楽しかったよ」

彼女が立ちあがると、彼も立ちあがった。

「もう一度座ってほしい」

ジョージーナは断固とした足取りで自分の部屋へ向かおうとした。「いいえ、私は――」

「書かなければいけない手紙があるとか、洗い物があるのか? この乱雑な状態を片づけるのを手伝ってくれるのではないかと、期待していたんだが」

教授は頼りなく寂しそうな顔をしている。本当は頼りなくも寂しくもないとわかっていても、そんな表情をされては断れず、ジョージーナは荷物を置いて彼に歩み寄った。

「座ってくれ。僕が書類を拾うから、仕分けをしてくれないか」

教授は膝をついて、ゆっくりと書類を拾いはじめた。じれったくなってジョージーナも隣で膝をつき、てきぱきと集めていったが、その間もすぐ近くにいる彼が意識されてならない。すべてをきちんと整理して立ちあがったとき、教授はすでに体を起こしていた。二人の距離はとても近く、ジョージーナは反射的に後ろへ下がろうとしたが、大きな腕に引きとめられ、もう片方の手が顎にあてられた。

「今、君は白衣を着ていない」

どういう意味なのか考えようとしたけれど、すぐにどうでもよくなった。教授がキスをしたのだ。経験がないわけではなかったが、そんなキスをされたのは生まれて初めてだった。

ジョージーナが体を離しても、教授は追いかけようとはしなかった。彼女は目を伏せたまま自分の部屋へ行き、無意識に髪を整えると、なにも考えずにふたたび教授のもとへ戻った。心臓が激しく打ち、体がふわふわと浮いているような奇妙な感じがする。

するとコルが目を覚ましていて、教授が言った。

「ああ、ミス・ロッドマンが来たぞ。あとは任せたよ、コル。二人とも、おやすみ」

教授はドアを開けて振り返った。ジョージーナと目が合うと、彼はほほえみ、ぽつりと言った。

「待っていてよかった」


その夜、ジョージーナはエイフェルト教授に言われた言葉の意味をずっと考えていた。ようやく眠りについたのは、夜が明けるころだった。

朝になると、いつもよりずっと丁寧に髪をまとめ、化粧をした。できばえは上々だけれど、なんの役にも立たないに決まっている。ダイニングルームに下りていくころには、彼は出かけているだろう。

コルに朝食の準備をさせていたら、少年が言った。

「ユリウスがいないととても退屈だな」

「そうでしょうね。でもすぐに会えるし、あなたただってすることがたくさんあるでしょう?」

コルは憤然とした顔をした。「すぐに会えるだって?　二週間や三週間はすぐじゃないよ。何年にも感じられる」

ジョージーナは思わずきき返した。「二週間や三週間ですって?」

コルネリスは青い目をぱちくりさせた。「聞いてないの?」

「聞いていないわ。なぜ彼が私に言う必要があるの?」思わずぶっきらぼうな言い方になる。

「だって、二人は友達でしょう? それから、ドイツとオランダに講義に行ったんだよ。ユリウスはオランダ語もベルギーにも。ユリウスは優秀なんだ」コルはとても得意げに言った。「フランス語もドイツ語も話せるんだから」小さなアーチ状の眉の下から彼女を見つめる顔は、後見人そっくりだ。

「本当に、すごく優秀よね」ジョージーナが言った。

「それに、格好いい」

「格好いいわね」彼女はぎこちなく返した。不眠の原因だった漠然とした期待は、やはり夢物語だったのだ。どれほどばかげた期待だったか、今ならはっきりとわかる。教授は私のことなどなんとも思っていないから、出かけることも話さなかったのだ。だから、昨夜のキスだってなんの意味もない。貧しい人に施しを与えるのと同じで、彼にとってはすぐに忘れてしまうようなささいなことに違いない。

「どうしたの?」コルがきいた。「悲しいの? なんだか涙ぐんでいるみたいだよ」

「私が泣くですって? とんでもない! ただ、思ったの。おおっぴらにクリスマスの準備ができる、最高のチャンスだって」

たしかに、気晴らしとしては最適だった。ベアトリクスも加わってあれこれ話し合っているうちに、ジョージーナはふたたびいつもの明るい調子を取り戻し、朝食の間もずっと元気だった。

子供たちはなにかというと後見人のことを話題にしたが、その中にマダム・ルファーブルという名前が何度も出てくることにジョージーナは気づいた。いったいどういう人なのかきいてみたかったけれど、教授の私生活については知らないほうが心穏やかでいられる。その女性のことはあえてきかず、彼女は朝食の席を立とうとした。

すると、カレルが叫んだ。「忘れるところだった。ジョージー、ユリウスからこれを渡してくれって頼まれていたんだ。言い忘れた注意点とか、そんなものだと思うよ」

ジョージーナは手紙を受け取り、その場で開けた。一人になるまで待ちたかったが、そんなことをすれば奇妙に思われるかもしれない。手紙は決まり文句である〝親愛なるミス・ロッドマン〟で始まり、カレルが言ったとおりの内容が記されていた。しばらく家を空けること、都合のつく範囲で子供たちの勉強を見てやってほしいこと、お金が必要になったらカレルに言えば、しかるべき額がもらえること、そして最後に、休日はしっかり休むようにと書かれていた。

手紙に目を通したあと、みんなから見つめられていることも忘れて、もう一度ゆっくりと読み直した。かすかに残っていたロマンティックな期待は、ハンマーでたたかれたように粉々になっていた。

手紙の内容を話し、しかるべき額とはどのくらいなのかとカレルにきいてみた。カレルは教授に言われた額を口にし、〝本当に必要ならもっと出すこともできる〟と言った。

ジョージーナは目をまるくした。「そんな大金をどう使えというの？」

彼は肩をすくめて笑った。「さあね。きっとユリウスは君に払わせたくなかったんだよ」

うなずいたジョージーナは、それ以上きかないことにした。もともと、教授からお金をもらうつもりなどないのだから。彼女は黙って手紙をポケットにしまい、一人になったら細かくちぎって捨ててしまおうと思った。しかし結局は枕の下に置いて、ベッドに入った。

6

それから数日は、流れるように過ぎていった。くる日もくる日も看護と勉強、コルのマッサージ、そしてクリスマスの準備などでジョージーナは大忙しだった。クレープ紙や接着剤、画用紙、インクは村の店で買った。ジョージーナが切ったカードに、ディンフェナがひいらぎやサンタクロースや天使の絵を描くと、コルとベアトリクスが丁寧に色をぬる。フランツでさえ、最初こそ尻ごみしたものの、このごろは一緒に作ると言うようになっていた。

土曜日にカレルが帰ってきたので、買い物をしたかったジョージーナはタックステッドまで車で連れていってもらった。彼女が両手いっぱいに包みをかかえて戻ってくると、カレルはモーガン車の後部座席に投げ入れ、買い物は終わりかときいた。

「いいえ、焼き石膏も買わないと」

カレルはにっこりした。「骨を折ったかわいそうな人でも見つけたのかい？　今は緊急治療室にいるわけでもないのに」

「違うわ。クリスマスの準備に使うのよ。今日買ってくるって、子供たちと約束したの」

家に戻ると、ミスター・ステファンズが紅茶を持ってきてくれた。二人は腕いっぱいに包みをかかえて、二階のコルの部屋へと急いだ。

カレルが尋ねた。「買い物には自分のお金を使ったのか、ジョージーナ？　ユリウスは君に払わせるな、と言っていたけど」

ジョージーナは顔をしかめた。「ねえ、教授は私の後見人ではないのよ。自分のお金の使い道にまでなぜ口出しされるのか、わけがわからないわ」

まるでひどく突飛なことを言ったかのように、みんなの目が向けられ、彼女はあわてて弁解する。

「悪口じゃないのよ」

カレルが言った。「もちろん、悪口だなんて思わないさ。でも君は、ユリウスが僕たちみんなを支配下に置いていると思っているんだろう?」

ジョージーナの頬が熱くなった。「いいえ、そんなことはないわ。彼はあなたたちみんなにとってすばらしい後見人だと……」

ちょうどそのとき、〝すばらしい後見人〟から電話がかかってきた。ジョージーナは席を立って白衣に着替えに行ったが、じきにベアトリクスが呼びに来た。「急いで、ジョージー。ユリウスがあなたと話したいって」

「今、行くわ」鏡を見ると、そこに映る自分がこちらを見返していた。大丈夫、心臓が狂ったように打っていることも、息苦しさを感じていることも見た目にはわからない。彼女は落ち着いた足取りで電話に近づき、コルから受話器を受け取った。

「買い物をしたそうだね、ミス・ロッドマン」

ジョージーナが憤然とした目をカレルに向けると、青年は肩をすくめてにやりとした。「ええ、エイフエルト教授」

「まさかとは思うが、自分のお金を使ってはいないだろうね?」

〝ええ〟と言いかけたものの、彼女は嘘《うそ》をつけない性分だった。「いいえ、使いました、教授。でも、なにを買ったかを教えるわけにはいきません」

彼はくすくす笑った。「まあ、いい。それより、よく聞いてくれ。僕のためにしてもらいたいことがある。五日後、オランダでは聖ニコラス祭が祝われるんだが、オランダの子供たちと同じように、うちの子供たちもプレゼントを入れてもらう靴を用意するんだ。前の夜のできるだけ遅い時間に、僕の部屋へ行ってもらいたい。背の高いたんすがあって、いちばん上の引き出しに包装したプレゼントが入っているから、子供たちが眠ったら、こっそりとそれぞれの靴に入れておいてくれ」ジョージーナの返事も聞かず、彼はさよならを言って電話を切った。

次の日は休みだったので、ジョージーナはミニに乗って大叔母の家へ行き、話し相手をして過ごした。お茶の時間になると教区司祭とその妻がやってきて、大叔母と同じような質問をしたが、彼女は一つずつ丁寧に答えた。質問のほとんどは教授に関係することで、なんだか一日じゅう彼の話をしているような気がする。ダルマーズ・プレイスから離れれば、教授を心から消し去ることができると思っていたなんて愚かだった。

司祭たちが帰ると、大叔母が尋ねた。「コルネリスの世話は今でも楽しいの？」

「ええ、叔母さん。コルはとてもいい子よ。それに、年のわりに賢いの。彼にチェスを教えてあげて、お返しにオランダ語を教えてもらっているわ。発音がむずかしくて、たまに舌がもつれるけれど」

「その子、チェスの筋はいいほう？」

「悪くないわ。じきに手ごわい相手になるかもしれないわね」

「ほかの子もチェスをするの？」

「いいえ。カレルはするかもしれないけれど、忙しくてそれどころではなさそうよ」そして、どうせきかれるだろうと思って続けた。「エイフェルト教授もチェスをするんですって。戻ってきたら勝負してみるって、コルが言っていたわ」

「それっていつごろになりそうなの？」

ジョージーナは立ちあがった。「わからないわ。教授は忙しい人だもの。そろそろ、夕食の準備を始めようかしら。チキンでなにか作るわね」

姪《めい》がキッチンへ行ったあと、残された大叔母はなにかを考えるようにじっと炎を見つめていた。

聖ニコラス祭の前に、天候は一変した。冷ややかな冬の日差しは灰色のどんよりとした雲に取って代わられ、身を切るような風が吹きつける。それでもジョージーナは日課の散歩をやめず、ベアトリクスもたびたびついてきた。少女のおしゃべりから、ジョージーナは教授についてまた少しばかり知ることができた。本当はもっと知りたくてならなかったけれど、自分からはなるべくきかないようにした。

聖ニコラス祭の夜は日が沈むのも早かった。暖炉を囲んで座るみんなの前には犬のロビーが陣取り、猫のジンジャーとトトはコルの両脇で体をまるめている。今日もすることがたくさんあり、ほどよく疲れていたみんなは、クリスマスの飾りつけを満足そうに眺めた。聖ニコラスを信じているのはベアトリクスだけだが、ベッドに入る前に靴を暖炉の前に置くのを忘れた者はいなかった。

夜が更け、全員が眠りについたと判断したジョージーナは教授の部屋へ行き、言われたとおりに引き出しを開けた。中には華やかに包装された箱が、予想以上にたくさん入っている。籠を持ってくればよかったと思いながら、彼女は部屋着の裾を持ちあげてプレゼントを入れ、自分の部屋まで運んだ。

プレゼントは一人に二つずつあるらしく、ジョージーナの名前が書かれたものもあった。みんなの靴はコルの部屋の暖炉の前に並べられていて、執事夫妻とミリーの靴も置かれていた。

聖ニコラスの馬へのごほうびである角砂糖とにんじんを靴から取り出し、ジョージーナはプレゼントを入れていった。それが終わると、足音を忍ばせて自分の部屋に戻る。角砂糖やにんじんをどうしたものかと考えた彼女は、とりあえずの隠し場所として自分のスーツケースにしまった。

翌朝、みんなは朝食の前にプレゼントを開けた。いつもはゆっくり起きてくるディンフェナも、ベアトリクスと一緒にコルの部屋に現れた。

一つ目の箱はそれぞれのイニシャルをかたどったチョコレートで、豪華に包装され、リボンがかかっていた。本当のプレゼントは二つ目の箱で、最初に包みを開けたコルが腕時計に歓声をあげた。ベアトリクスの箱の中身も、コルのよりひとまわり小さくて上品な腕時計だ。自分の箱からカメラを見つけたフランツは、〝プラクチカだ〟と自慢げに言った。

ディンフェナのとても小さい箱には、真珠のイヤリングが入っていた。このうえなくシンプルで、若い女性にはぴったりだ。ジョージーナは宝石に詳しくはなかったけれど、その彼女から見ても本物だとわかる品だった。

その次がジョージーナの番というのは、盛りあがりに欠ける気がした。きっと無難な日記かペンと鉛筆のセットあたりだから。だが、贈り物はそのどちらでもなかった。箱に入っていたのは磁器でできた小さな人形で、少女がグリーンと白とゴールドのドレスに身を包み、小さな犬がそのスカートに半分隠れている。ジョージーナはうれしさのあまり言葉も出なかった。なんて不思議なめぐり合わせなの！　それはサフロン・ウォルデンのアンティークショップで、彼女が何度もうっとりと眺めたマイセンの磁器で、恐ろしく高価な品だった。

「信じられないわ！　何カ月も欲しがっていたものを、聖ニコラスがくれるなんて。どうしてわかったのかしら？」

もちろん、くれたのは聖ニコラスではなく、エイフェルト教授だ。けれどいとこたちがなにを欲しがっているのかを考えるのは当然でも、雇った看護師のことまで気にかけるなんて不思議でならない。いったい誰にきいたの？　ダルマーズ・プレイスの人に人形の話をしたことはない。これは幸せな偶然の一致だ。彼女はそう結論づけた。めったに起こらないような偶然の一致に違いない。

散歩に行く前、ジョージーナはベッド脇に置いた人形をそっと手に取った。これは絶対に手放さないわ。セント・アーセル病院に戻ったら、もう会うこともないだろうけれど、人形を見れば彼を思い出せるもの。涙があふれそうになるのを、彼女はこらえた。漠然と思い描いていた理想の伴侶の姿は、いつの間にか教授になっていた。彼こそ、私が待っていた人だ。そして、私は心の底から彼を愛している。それが一方的な思いなのが、残念でならないけれど。

人形を置いた彼女は、コートを着てベアトリクスとともに散歩に出かけた。途中で栗《くり》の木を見つけたので、ポケットいっぱいに実を拾い、帰ってみんなと騒ぎながら暖炉で焼いた。

そこへ教授から電話がかかってきた。おしゃべりをすませたベアトリクスが受話器を置こうとしたとき、ジョージーナはふと思いたってとっさに叫んだ。

「ベアトリクス、ちょっと待って！　彼と話がしたいの」そして、電話に出ると小さな声できいた。

「エイフェルト教授、来週はロンドンへ行きたいので、日曜日の代わりに週のどこかで休みをもらってもかまいませんか？」

「君の好きな日に行くといい。必要なら、日曜日も休んでかまわないよ」

臨時に取った休みの日、ジョージーナはミニに乗ってロンドンに向かい、セント・アーセル病院の駐車場に車をとめて買い物に出かけた。山のように買い物をしたのでお金はほとんど残っていなかったけれど、おかげで久しぶりに明るい気分になれた。お茶の時間までには戻ると約束していたのだが、結局彼女がダルマーズ・プレイスに着いたのは、夕食が半分終わったころだった。

子供たちが寝るまで待って、ジョージーナは買ってきたものを開けた。ほとんどはクリスマスプレゼントだが、中には自分のものもある。いちばん大きな箱にはドレスが入っていた。濃いグリーンのベルベッドで作られたロングドレスは、ハイネックの襟を結ぶ白いオーガンジーと、細い袖の先の白いオーガンジーが品のよさを感じさせる。そのほかにも、ベルベットの靴と口紅も買っていた。

ベッドに入る前にすべてを身につけてみてから、彼女は買ったものをクローゼットにしまった。ここにいる間、着る機会はまずないだろう。

ドクター・ソウブリッジに続き、理学療法士、レントゲン技師もやってきて、数日が忙しく過ぎていった。教授は二日後には帰る予定だが、クリスマスまでにはあと五日ある。飾りつけはほとんどできあがって箱に分けられ、クリスマスツリーも客間に備えつけられた。そしてお茶の時間には、必ず巨大なミンスパイが出されるようになっていた。

フランツの学校が休暇に入り、カレルも帰ってくると、古い家は活気であふれた。教授が帰ってくる前日には雪が降ったので、ジョージーナはコルをミリーに頼んでみんなと外で雪だるまを作り、ベアトリクスの強い希望で雪合戦もした。しかし顔をほてらせて家に戻ると、コルは不機嫌な顔をしていた。

「コル、あなたは後見人ほど体は大きくはないかもしれないけれど、心は大きな人だわ。そうでなければ、私はほかの人と外に行くことなんてできなかったもの。あなたが駄々をこねて、みんなが暗い気持ちになったでしょうからね。雪だるまにはあなたの帽子をかぶせたのよ。これは、フランツからあなたにって」プラスチックのバケツに入った雪を見て、コルはすっかり機嫌を直し、雪玉を作ってはフランツとカレルめがけて窓から投げた。

その後、カレルは夕食に出かけ、ほかの子供たちは食事を終えてコルの部屋に集まった。ベッドに入る時間である八時半を過ぎても、誰もがすっかり興奮していて、すぐには眠れそうもなかった。

「髪を洗ってくるわ」ジョージーナが言った。「髪を乾かす間、クリスマスキャロルを歌わない？」みんなは喜んで賛成し、ディンフェナも髪を洗うと言い出した。三十分後、部屋着に着替えてふたたび暖炉のまわりに集まると、コルのラジオから流れてくるクリスマスキャロルに合わせて歌う。番組が終わると、ジョージーナは言った。「ピアノがあれば、好きなときに歌えるのに」

髪にブラシをかけていたディンフェナが顔を上げた。「あるわ！　客間以外にもう一つ。廊下の奥の部屋にあって、キャスターがついているの」

さっそくピアノが運びこまれて、ジョージーナは《まきびとひつじを》を力強く弾きながら歌った。

すっかり夢中になっていたため、窓の下を車が通る音に気づく者はいなかった。だから歌っている最中にドアが開いて教授が姿を見せたとたん、みんなはテープをはさみで切ったようにいっせいに歌うのをやめ、彼に駆け寄った。

教授はみんなと挨拶し、ゆっくりと部屋を見渡した。箱からあふれているクリスマスの飾り、華やかな包装紙やラベルやひも、ベッドの上に並べられたクリスマスカード、脚にまとわりつく猫と犬、放置されたタオルを……。ピアノに気づいた彼が目を見開き、眉を上げてジョージーナをじっと見つめる。部屋着や下ろした髪は要求された白衣とはどう見ても対照的で、彼女は背を向けて逃げ出したくなった。どれだけ非難されることか……。しかし、教授の口から出た言葉は予想もしないものだった。

「家に帰ってくるのを楽しみにはしていたが、こんなにも楽しいとは、部屋に入るまで想像していなかったよ」

ジョージーナはおずおずと教授を見つめた。「子供たちはずっといい子だったし、クリスマスだから、少しくらい遅くまで起きて楽しむのもいいかと思ったんです。ピアノをここへ持ってきたのを、不愉快に思わないでもらえるといいのだけど」

教授は曖昧な笑みを浮かべたものの、不愉快そうではなかった。「人食い鬼のように思われるのは心外だな。なぜ僕が反対するんだ、子供たちと君が……こんなに楽しそうなのに？」笑みが大きくなる。「君のおかげで、みんなこんな楽しそうに――」

「人食い鬼だなんて。ただ、私は――」

コルが口をはさんだ。「ユリウス、なんにも見てないよね？　この部屋で変なものはなにも」その声は心配そうだ。

「ああ」教授はまわりを見渡した。「いつもとまるで変わりなく見えるよ」その答えに、全員が笑った。

教授はそれぞれにお土産を用意していた。ジョージーナが渡された箱を開けると、クロッカスがたくさん描かれたデルフト陶器の青いボウルが出てきた。

恥ずかしそうにお礼を言う彼女を、彼が静かな口調でさえぎる。「たいした品ではないよ、ミス・ロッドマン」さらになにか言いかけたが、そのとき、おなかはすいていないのかとディンフェナが声をかけた。「いや、いらない。途中で食べてきた」

「あら！　デート？」

ジョージーナが顔を上げると、教授がこちらを見ている。彼女から目を離さず、彼は答えた。「ああ、そうとも言えるかな。ところで看護師さん、明日の朝少し時間を作れないか？　朝食をつき合ってくれるといいのだが。それが無理ならコーヒーだけでも……話し合いたいことがあるんだ」

朝になっても雪はやんでいなかった。ダイニングルームへ急ぎながら、ジョージーナはここへ来た最初の朝のことを思い出した。クリスマスが近いということもあって、ダイニングルームにいる教授のまわりには前回の十倍ほどの郵便物が散らばっている。教授が立ちあがると、何通もの封筒が床に落ちた。

「おはよう。早起きしてくれて感謝する。コーヒーでいいかな?」

ジョージーナはうなずいて挨拶し、ロンドンへ行くなら早めに家を出たほうがいいですよと忠告した。

彼は感謝の言葉を述べ、ひどく事務的な口調で本題に入った。「コルの脚だが、どちらの大腿骨も順調に回復している。このままいけば、二月の初めの週には自分の脚で立つことができるだろう。勉強は進んでいるか?」

「順調です。コルもベアトリクスも一生懸命で。すでにご存じとは思いますが、家庭教師の先生はあまりにもたくさん用事があるせいで、一月の最初の週までは来られないそうです」

「ああ、だから出かける前に彼と話し合って、君に助けてもらうよう言っておいたんだ」教授はトーストにバターをぬり、その上にマーマレードをたっぷり重ねた。「君はどうするつもりなんだ?」

「私ですか?」

「クリスマスだよ、お嬢さん。クリスマス休暇が欲しくはないか?」

ジョージーナはカップに視線を落とした。「そうね、クリスマスは私がいないほうが……」

教授は驚いたように見つめた。「なぜそんなことを言うんだ? もちろん、ここにいてほしい。だが、君にだって長らく温めてきた計画があるだろうに、無理に引きとめるのも悪いと思ったんだ」

「計画なんかありません。私が病院で働くようになってから、叔母はクリスマスをエルムドンの友人たちと過ごしているんです。病院に勤めていると、休暇が取りにくいので」

「だったら、ここにいてくれるとうれしいな。だが、休暇の間に叔母さんの家へ行きたくなったら、気兼ねなく行ってくれてかまわない。みんながいるから、コルの世話はどうにでもなる」

ジョージーナはまだためらっていた。教授が親切心でダルマーズ・プレイスにいるよう言っているのか、本当にいてほしいのか、わからなかったからだ。その気持ちが顔に出ていたのだろう、彼が重ねて言った。

「四人の子供たちは君が大好きだ。カレルは君に恋をしそうになっているし、僕は君をとても優秀な看護師だと思っている。なにが不満だ？」

教授に対しても、自分自身に対しても、その質問には答えないほうがよさそうだ。「なにも」ジョージーナは嘘をついた。

「それじゃあ、決まりだな。コルの食欲は？」

話題はふたたび安全な内容に戻った。彼女は質問にきびきびと答えながらも、彼にとって自分は単なる看護師にすぎないのだと思ってがっかりしていた。

教授が椅子を引いて長い脚を伸ばし、またもや封筒がひらひらと絨毯《じゅうたん》の上に落ちた。

「なぜこんなに散らかすの？　椅子のそばにゴミ箱を置いておけばすむのに」ジョージーナは立ちあがって散乱した封筒を拾い、いらだたしげにゴミ箱に入れた。

「忘れていた。ミスター・ステファンズかミリーがいつも片づけてくれるものだから」

彼女は散乱している手紙をクリスマスカード、招待状、請求書、私信の四つに分けた。

教授は私信だけをポケットに入れて立ちあがった。

「ほかのものは机の上に置いておいてくれるか？　カードの返事はディンフェナが書いてくれるし、請求書は今夜にでも目を通す」

「もしよかったら、招待状にはイエスかノーだけ書いておいて。私が送っておきます」

教授はジョージーナの顔を無表情に見つめた。「それはご親切に。だが、看護師が守るべき規則に反するんじゃないのか？」

ジョージーナの穏やかな顔に好戦的な表情が浮かんだ。「そんな規則はないわ、教授。私はそれぞれができることをすればいいと思っただけです。申し出を受けたくないのなら、そうおっしゃってください」彼女が顎をぐいと上げてさらに続けようとしたとき、教授が肩をつかんだ。

「君は愉快だな！」そして、笑いながらキスをした。「次のクリスマスも忘れずに君を招待しよう。そうすれば、また返事を出す手伝いをしてもらえる」

教授はジョージーナを一人残して出ていった。彼の姿が見えなくなると、彼女はみじめな声で言った。「次のクリスマスに、私は必要ないはずよ。あなたには奥さんがいるのでしょうから」

7

その日、仕事が休みだったジョージーナはいつもより早く起きた。ベッドから出て窓の外を眺めると、まだ暗い空から雪がちらほらと降りはじめている。ミニを運転して大叔母を訪ねるつもりでいたのに、どうしようかしら？　そういえば、村からはバスが出ていたはずだ。時間はかかるけれど、行かなければ大叔母とミセス・モグにクリスマスプレゼントを渡すことはできない。

階下で郵便物を分けていると、半分ほど終えたところでエイフェルト教授が下りてきて、おはようを言いながら食器棚に向かった。「さっさと朝食をすませれば、早く出発することができるぞ」両手にオートミールを入れたボウルを持ってテーブルにつき、きっぱりした口調で告げる。「席につきなさい、看護師さん。今日は休みなのだから」彼はあらためてジョージーナに目を向けた。「なぜ君は白衣を着ている？」

ジョージーナはオートミールにブラウンシュガーを入れ、落ち着いた声で答えた。「ここにいる間、白衣を着るようにと言ったのはあなたでしょう。今日はバスで行くつもりなの。バスは十時にならないと出ないから、それまでコルの面倒を見る時間も、私の年ごろにふさわしい服に着替える時間もたっぷりあるわ。でも今はまだ仕事中だから、あなたの望みどおり白衣姿なんです」オートミールを口に運びながら、教授の反応をうかがう。

「バスに乗っていくなんて、ばかげている。ミニだとスリップするかもしれないと心配しているなら、カレルに頼めばいい。カレルなら連れていくだけでなく、迎えにも来てくれるはずだ」

ジョージーナは彼を見つめた。「カレルにはカレルの予定があるはずです。便利なバスがあるのに、私を送って時間を無駄にすることは――」

「バスはたしか一日に三本しかなかったはずだが。君が頼めば、カレルが大喜びで連れていくことくらい、わかっているだろう？　頼んでみようとは思わなかったのか？」教授は彼女にコーヒーを渡した。

「まさか、考えもしなかったわ。ところであなたは……その、聖ニコラスは、どうして私があの少女と犬の置物を欲しがっているとわかったんでしょうか？」

彼はトーストをジョージーナに渡した。「なぜ君はなんでも答えを知りたがる？　一度くらい、おとぎばなしを信じたらどうだ？」やがて食事を終えて立ちあがる。「行って、ええと……君の年齢にふさわしい格好に着替えておいで。出かける前に、カレルには僕から話しておくから」

教授の言うとおり、カレルはジョージーナを連れていくことを喜んで引き受けた。道はひどかったものの、カレルの運転は上手だったので、二人は上機嫌で大叔母の家にたどり着いた。「君は家に入っていて。荷物は僕が持っていくよ」

カレルはジョージーナの荷物を運んだあと、ふたたび車に戻って箱を取ってきた。自己紹介をすませ、その箱をポリーに渡す。

「ユリウスからです。中にカードが入っています」

ポリーはかすかに顔を赤らめた。「まあ、ご親切に！　ジョージーナ、開けてちょうだい」

箱にはシャンパンが六本入っていた。お祝いにふさわしい豪華な品で、ラベルを見てもジョージーナにはぴんとこなかったが、教授がくれたのなら高級なものに違いない。

カレルはのんびりとコーヒーを飲み、夜の八時に迎えに来ると約束して帰っていった。彼が行ってしまうと、大叔母が言った。

「なんていい青年なのかしら。きっとあのいとこのような男性になるのでしょうね。あなたのことが大好きみたいよ」ジョージーナと目が合い、にっこりと笑う。「ずいぶん若いようだけれど」

「そうよ、叔母さん。カレルはまだ二十二歳で、とても若いわ。本当にいい人だけれど、少しばかり短気で、かっとなりやすいところがあるかしら。でも賢くて、整形外科医をめざしているの。彼とユリウスは……」

「ユリウス？」

ジョージーナは顔を赤らめ、口をすべらせた自分を苦々しく思った。うっかり、ユリウスなんて言わないように気をつけておくべきだった。「教授のことを、みんなはユリウスと呼ぶの。なんだか、私までうつってしまったみたい」

「今までそう呼ばなかったほうが不思議だわ」大叔母があきれて言った。「なにかというと、教授とか先生なんて呼ぶのはもったいぶっているもの」

ジョージーナはどう説明しようか考えた。「そうね、出会ったのが別の場所だったら、お互いをこんなふうに呼んだりは……」そこで言葉を切る。「考えても無駄よ、ポリー叔母さん。だいたい、教授は私のことをいつも看護師さんとかミス・ロッドマンと呼ぶんだもの。きっと私は女性である前に、看護師であるべきだと考えているのよ」彼がオランダから戻ってきてキスをした夜のことを、彼女は思い出した。ほんの数秒だけだったけれど、あのときは女性でいられた。でも、くよくよ考えてもどうしようもない。

大叔母に笑みを向け、ジョージーナはダルマーズ・プレイスでのおもしろい話を始めた。昼食の時間にはキッチンへ行ってミセス・モグを手伝い、シャンパンを開けて少しばかりおめでたい気分にひたった。やがて大叔母が昼寝を始めると、ミセス・モグも昼寝をするよう部屋へ追いやってから、キッチンに行って紅茶の支度をした。暖炉のそばに戻ったあとは、クリスマスカードや手紙に目を通し、少しばかりうとうとした。

カレルは時間どおりにやってきて、ミセス・モグのホットチョコレートとミンスパイを堪能した。

「これ以上長くいると、パイを一つ残らず食べてしまいそうだよ」それからポリーとミセス・モグにさよならを言い、ジョージーナと車に乗りこんだ。

「僕たち二人だけで出かけられたらいいのに。気が進まないか？」

ジョージーナは暗い車の中でカレルに笑みを向けた。「そんなことを言ってくれるなんて。出かけられたらいいでしょうね。それより、あなたのせっかくの夜をだいなしにしてしまったのではないかしら？　つまり私を迎えに来なければ、パーティに行くとか食事に行くとかできたでしょう？」

「とんでもない。このほうがずっといいよ、ジョージー。君の叔母さんはいい人だね。行きたいときは、また僕に言ってくれ」

「ええ、もちろん。あなたが家にいたらね。ほかに予定がなければ、次は昼食にでも連れていって」

「そうするよ」

その後のカレルは上機嫌だった。家に戻ってコルの部屋へ直行すると、目を覚ましていた少年は機嫌が悪そうな顔をしている。ジョージーナはちらりとその顔を見て言った。「ああ、疲れた。今日はもう休むわ。明日、この部屋の飾りつけをしなければならないもの。ここだけでなく、別の部屋も」

カレルに目配せすると、状況をのみこんだらしく彼も、〝くたくただから僕も休むよ〟と言った。

十分後、小さなテーブルランプだけが暗い影と心地よい輝きを天井に投げかける中、部屋は静まり返っていた。部屋着に着替えたジョージーナは、ミセス・モグのミンスパイを持ってコルのベッド脇に戻った。「おいしいのよ。ミセス・ステファンズもとびきりおいしいペストリーを作るけれど、これはまた別なの」ミンスパイを一緒に食べながら、彼女はその日起きたことを話してコルを楽しませた。「次は、あなたがなにをしていたかを聞かせて」

話しはじめたコルがだんだん眠くなってくると、ジョージーナは彼を寝具にくるみ、額にキスをして自分の部屋に戻った。けれど風呂に湯を入れはじめたとき、ベアトリクスのことを思い出した。ベッドに入る時間はとっくに過ぎているが、クリスマスが近づいて興奮しているに違いない。

彼女はふたたびミンスパイを手にして、ベアトリクスの部屋へと向かい、ドアをそっとノックした。

「私よ……ジョージーナよ」ベアトリクスは二匹の

猫と犬のロビーと一緒にベッドに入っていたが、大きな青い目をまるくしてジョージーナを見た。

「ジョージー、帰ってこないのかと思った。私たちみんな、とても寂しかったのよ」ベアトリクスはジョージーナが持っている皿に気づいた。「なにを持っているの?」

ジョージーナはベアトリクスに説明した。彼女が座ると、ベッドはいっぱいになった。「三匹はひと晩じゅう、ここにいるの?」

ベアトリクスはミンスパイをかじった。「いいえ、ユリウスが私を寝かしつけに来て、三匹を連れていくの。この三匹は私の常夜灯なんですって。目が暗闇で光るから。知っているでしょう?」

「そうね。さあ、眠りましょう。明日は大忙しよ。なにしろクリスマスイブだから」

ベアトリクスを寝具でくるんで、ジョージーナは自分の部屋に戻った。ベッドに入ったときにはとても遅い時間になっていたが、車の音が聞こえないかと耳をすましていても、教授が帰ってくる気配はなかった。

次の朝ダイニングルームに行くと、教授は出かけるところだった。「こんな日に、朝の九時から働かなければならないなんて運が悪いよ」それから、散乱している郵便物に目を向ける。「すまないが、僕がコートを着ている間にこれを分けてくれないか?オランダから手紙が届いているはずなんだ」

コートを着て手袋をはめて戻ってきた彼に、ジョージーナは手紙を渡し、出かける姿を見送った。オランダからは何通も手紙が届いていたうえに、そのうちの数通は明らかに女性が書いたもので、ジョージーナは悲しげにはなをすすった。そのときミリーが現れなかったら、間違いなく涙をこぼしていたに違いない。

その日、考える時間がないほどすることが山のよにあるのは幸いだった。みんなはコルの部屋に集まり、早々に飾りつけを始めた。それぞれにアイディアがあったので、できあがったものはかなり独特になった。

それでも、ディンフェナとジョージーナが飾りつけた玄関ホールと客間だけは、誰が見ても美しいできばえだった。二人はいろいろ考え、色とりどりの小さな玉や散歩の間に見つけて銀色にぬった松ぼっくりを、ひいらぎやクリスマスローズにつけて花瓶にいけていた。大きな暖炉のまわりにはひいらぎと常緑植物を飾り、ダイニングテーブルの真ん中にも手のこんだ飾りを置いた。

手の届くところに小さなツリーがあったので、コルも飾りつけを手伝っていた。フランツとカレルはこれがないと始まらないと言って風船をふくらませ、家じゅうに飾った。カレルはやどりぎも飾ったらしいが、場所は誰にも教えなかった。

みんなはうきうきした気分で昼食の席につき、食事を終えた。

ジョージーナが言った。「それじゃあ、私は村に行ってくるわ。買い忘れたものがあるの」

「僕が車を出すよ」カレルはすぐに言った。

「そう言ってくれると思ったわ、カレル。でも、午後はシンディング家のみなさんが来るのではないの？」

「そうだった！」カレルは顔をしかめ、ディンフェナの方を向いた。「ねえ、ディンフェナ、彼らはお茶の時間までいるのかな？」

「もちろんよ。でも、時間を早めようと思ってるの。そうすれば、コルの部屋でもう一度お茶を飲むことができるわ」彼女はジョージーナを見た。「飾りつけをしなければいけない木があって、いつもユリウスが帰ってくる前にすませているのよ」

ジョージーナは立ちあがった。「シンディング家の人たちが来る前にすませたらどうかしら？　フランツはコルと一緒にいてくれるわよね？　昼食の前に始めたジグソーパズルの続きをすればいいわ」

それぞれすることが決まり、ジョージーナは村に向かった。雪はやんでいるが、積もった雪がとける気配はない。コーデュロイのコートを着て革のブーツをはいた彼女は、ポンポンのついたウールのベレー帽をかぶって、それに合うマフラーを首に巻いていた。

村を出たころ、あたりは暗くなりはじめていた。息を吐くと顔のまわりが雲のように白くなり、手袋をしていても凍えるほど寒い。空は澄みきって、星が光っていた。じきに月も顔を見せるだろうが、しばらくは暗い中を歩くことになりそうだ。バスケットを振りながら足早に歩いているうち、だんだん楽しい気分になったジョージーナは、小さな声で鼻歌を歌いはじめた。さらに口笛を吹き、歌声を張りあげる。自分の声に気を取られていたので、車が近づいたことにも気づかず、脇にとまったロールスロイスにびっくりして立ちどまった。

ドアが開き、教授の静かな声が聞こえた。「乗りなさい」突然のことにジョージーナがあっけにとられてぼんやり立っていると、彼はもう一度言った。「乗りなさい」

無言のまま彼にバスケットを渡し、ジョージーナは車に乗りこんだ。

「クリスマスプレゼントを買ったのか？」

「いいえ、飾りつけに足りないものを買いに行ったんです。それに、ベアトリクスが郵便局で売っているはっか味の飴《あめ》を欲しがったので」

彼はギアを替えた。「自由時間にお使いに行ったのか、看護師さん？」

ジョージーナは声がとげとげしくならないように気をつけた。「どうせ午後はいつも散歩に行っているんだもの、ついででしょう？」

「一人で歩いているから、びっくりしたよ」

「みんなにはお客さんが来る予定があったから。そうでなければ、カレルかディンフェナが一緒に来てくれたわ。ベアトリクスも」

彼は笑った。「どうやら、君は一人になる時間をじゅうぶんに与えられていないようだな。迷惑ではないのか？」

「ちっとも。一人になりたければ、そう言えばいいもの」

「今はどうだ？　一人になりたいか？」

ジョージーナは教授の横顔を見た。本気で言っているのかどうかはわからない。「いいえ。お気遣い、ありがとう」言葉を選びながら答えた。

「よかった。それなら、今夜の夕食は君も参加すると考えていいのかな？　友人が数人来るし、子供たちも起きているよ」


「ご親切にどうも。でもコルはどうすれば？」

「みんながコルの部屋を頻繁に出入りするから、あの子が寂しい思いをすることはないはずだ」

「コルはクリスマスをとても楽しみにしているの。おかげで、脚のことを忘れていられるみたいで」

教授は静かな声で言った。「それはクリスマスではなくて、君のおかげだと思う。あの子にずっとやさしく献身的に仕えてくれる君を、僕はありがたく思っているよ」

車は門を通り抜け、小屋の前でとまった。

「すぐに戻る」教授は包装されたものを持って車から降り、小屋のドアをノックした。レッグ夫妻が出てきて、クリスマスの挨拶をする声が聞こえる。やがて車に戻ってきた教授は、先ほどとは別の箱を持っていた。「気をつけて持っていてくれないか？ミセス・レッグ特製の蜂蜜だ。毎年クリスマスにくれるんだよ」

家の玄関に着いたとき、教授はさらに言った。

「荷物がたくさんあるんだ。少し手伝ってくれないか？」トランクにぎっしりつめられたさまざまな包みの中から、彼は小さいものをジョージーナに持たせた。「さあ、行って。残りはミスター・ステファンズが取りに来てくれる」

家の中は暖かく静かだった。大きな暖炉では火が赤々と燃え、ランプの光が白い壁にぼんやりとした影を投げかけている。ジョージーナが壁際のテーブルに包みを置いてコートを脱いだとき、外で教授とミスター・ステファンズが話す声が聞こえた。そのあと、二人は荷物を持って家に入ってきた。

「お茶の時間は終わったのか？」教授がきいた。

「十分ほど前に。ミリーに新しいお茶を用意させ、書斎にお持ちさせましょうか？」執事が答える。

教授はジョージーナを見つめていて、彼女もその視線に気づいていたが、朝思いついた飾りつけに気を取られているふりをした。

「いや……いい、ありがとう」ミスター・ステファンズにうわの空で返事をして、教授はジョージーナに言った。「とてもすてきだ」

「そうでしょう？」

「すてきと言ったのは、今の君の姿だよ。いつも白衣姿ばかり見ているから」

彼女は頬を赤らめた。「あなたがそうしろと言うから、着ているのだけど」

「ああ、そうだな。だが、今夜だけはその約束を忘れないか？　いちばん魅力的な服を着てほしい」

ジョージーナは顔をしかめた。「私がここにすてきな服など持ってきていないとは思わないの？」

教授ははっとして、自分の腕時計に目をやった。

「それもそうだな。今からなら、セント・アーセル病院へ行って取ってくる時間はじゅうぶんにある」

「たまたまだけれど」ジョージーナは不機嫌な顔の

まま言った。「ドレスならあるの」

するとと教授の口元に笑みが浮かび、ジョージーナの機嫌はたちまち直った。

「なにを笑っているの？」だが教授は答えず、彼女に近づくと、頬にそっとキスをした。あとになってどんなに考えても、そのキスはあまりにも軽く、叔父が姪《めい》にするようなとしか言いようがなかった。

グリーンのドレスを着て、注意深く最後のピンを刺して複雑な髪飾りをとめたときも、ジョージーナはとてつもない怒りを抑えられなかった。でも腹をたてているのは、自分自身と教授のどちらだろう？もっとわからないのは、なぜそんな感情に駆られているのかということだ。新しいベルベットの靴に足を入れた彼女は、〈ロシャス〉のファムという香水をたっぷりと吹きかけ、コルの部屋へと向かった。

ジョージーナを見ると少年は感心した声をあげ、このおかげで彼女の怒りはずいぶんとやわらいだ。この服を着た自分がきれいに見えるのは確かなようだ。教授も同じように見とれてくれるといいのだけれど。それなら高いお金を払ったかいがあるというものだ。

ジョージーナはコルの前でひとまわりした。「似合う？」

「ジョージー、最高にすてきだよ。すげえや！」

「なんですって？　そんな品のない言い方を、どこで覚えたの？」

コルは無邪気な顔をした。「品のない？　ミスター・レッグはよく言うよ」

「そうかもね。でも、あなたの後見人はどう？」

「ユリウスのこと？　ユリウスは言わない。僕は聞いたことがないよ」

「言わないはずよ。ユリウスのような大人になりたいのなら、彼のような話し方をしなければ」

「でも、ユリウスはアクセントが変だよ。オランダ人みたいなアクセントで話すこともあるし」

ジョージーナは厳しい顔をした。「なんの関係もないことだわ。あなただってよくわかっているはずよ」だが左の膝が痛いとつらそうに訴えられ、彼女の厳しい表情はたちまち消えた。コルに寄り添い、彼女は母親のような口調で言う。「体をくねくねさせるからよ。虫よりもくねくねとね！」

二人は楽しそうにくすくすと笑い、ジョージーナはコルの左脚の下に小さなクッションを置いた。

「これからここに、次々とお客様が来てくれるわ」

「ジョージーも来てくれる？」

「私とは毎日会っているし、しかも一日じゅう顔を合わせているじゃないの」

「うん、わかってる。でも、今日のジョージーはいつもと違うもの。お願いだから来て」

「わかった、来るわ。いずれにせよ、夜更かしをするつもりはないの。明日の朝は七時に教会へ行くつもりだから。でも、あなたがプレゼントを開けるころには戻ってくるわね」

「ジョージーもプレゼントを開けるの？」

「もしあれば、ね」

コルは謎めいた表情を浮かべた。「きっとあるよ」

ドアが開いて、チェリーレッドの新しい服に身を包んで上機嫌のベアトリクスと、ピンク色のベルベットのパンツスーツを着て真珠のイヤリングをつけたディンフェナが入ってきた。二人は中に入ったとたん足をとめ、口をそろえて言った。

「ジョージー、すごくすてきよ。いつもすてきだけれど、今夜のあなたは……」

「とびきりすてきだ」フランツが言うと、負けまいとベアトリクスが叫んだ。

「違うわ、ジョージーはもともと美人なのよ！」

ドア口にいたカレルも言った。「ユリウスがどんな顔をするか、見ものだな。きっと驚くぞ」

彼はうっとりとジョージーナを見つめてから近づ

くと、ポケットからやどりぎを取り出して、彼女にキスをした。

「本当に、すごくきれいだ」もう一度口を開く。

ジョージーナはとまどいとうれしさの入りまじった笑みを浮かべた。「みんな、やめて！　うぬぼれてしまいそうだわ。さあ、そろそろ階下《した》へ行く時間よ。私もコルの食卓を整えたら、すぐに行くわ」

カレルが笑いながら振り返った。「早く下りておいで、すてきなお嬢さん。ユリウスはきっとなにも言えなくなるぞ」

ユリウスが私を見て言葉を失ったことなど、今まで一度もなかった。それならすてきなドレスを着ても、彼が心を奪われることなどありそうもない。ジョージーナはだんだん階下に行くのがおっくうになってきた。今まで私は、彼に対してよそよそしく接してきた。そうすることが彼の望みでもあったからだ。結婚を考えている女性がいるのなら、未来の花嫁に疑いや嫉妬を抱かせるような行動は避けたいはずだもの。

ユリウスを愛すればこそ、ジョージーナは彼の期待に応えてきた。キスをされたことがほんの一瞬頭に浮かんだが、たいした意味はないとすぐさま自分に言い聞かせる。男性はいろいろな理由で女性にキスをするものだ。彼は寂しかったのかもしれないし、幸せだったのかもしれないし、あるいは不幸せだったのかもしれない。なんにせよ、そのときたまたま身近にいたのが私だっただけの話だ。

ある考えが頭に浮かんだジョージーナは、コルが夕食を食べはじめたのを見届けて自分の部屋へ戻った。小さな宝石箱を開けると、母の形見である、ローズカットのダイアモンドの指輪を取り出して左の薬指にはめる。それから階段の手すりに左手を置いて、広い階段をゆっくりと下りていった。しかし、あと数段というところで階下から見あげている人々と目が合い、急に恥ずかしくなって足をとめた。そして、ほかの人から少しばかり離れて立っているユリウスに不安そうな視線を向けた。

そのとき、ディンフェナが叫んだ。「ジョージー、あなたが婚約していたなんて知らなかったわ！」

ユリウスの顔からたちまち表情が消えた。

「こんなにうれしそうなようすから考えれば、驚くにはあたらないだろう」彼はどこか茶化すような笑みを浮かべた。「おめでたいことだ」

口々にお祝いを言われ、ジョージーナはなかなか誤解だと言い出せなかった。

「お客さんが来る前に、客間で乾杯しないか？」

その言葉にジョージーナはますますなにも言えなくなり、さらに新たな人々の到着によって弁解の機会は完全に消えてしまった。やっぱりグレッグの言ったとおり、私は愚かな女だ。

食事の席はドクター・ソウブリッジと口の悪い老人の間で、ジョージーナは〝隣が肌を露出しすぎたつつしみのない女性でなくてよかった〟と老人から大声で感謝された。会話の糸口としてはあまりよくないけれど、悪く思われてはいないのだろう。ジョージーナが軍隊にいたのかと水を向けると、老人は自分の人生を熱心に語りはじめた。そしてサーモンのひと口パイにはろくに関心を示さなかったが、クランベリーソースのかかった鴨肉《かもにく》のローストと栗《くり》の実、いんげん豆、ヘーゼルナッツポテトには食欲を刺激されたらしく、ようやく料理に注意を向けた。

ジョージーナはドクター・ソウブリッジの方を向いた。彼とは骨や骨折や牽引《けんいん》以外の話をした覚えがなかったものの、話してみるとそれ以外の共通点がたくさん見つかったので驚き、うれしくなった。

鴨肉に続いて泡状のものが出されると、ザバイオーネというデザートだと、ドクター・ソウブリッジが笑って教えてくれた。食べると、シェリー酒かマデイラワインの味がした。

　その後客間でコーヒーを飲みながら、女性たちはツリーの飾りつけやパーティについてあれこれ話した。そのうち男性陣が加わると、隣の席にいた老人がふたたび話しかけてきて、少しばかり孤独を感じていたジョージーナはうれしく思った。

　だけど階段を下りたときから、ユリウスはひと言も話しかけてこない。自分のせいだと言い聞かせてもたいしたなぐさめにはならず、ジョージーナは老人の言葉に気持ちを集中させながらも、部屋の反対側にいる彼を目で追った。彼はシンディング家の長女とのおしゃべりに夢中になっている。

　そのとき執事がフルーツパンチを入れたボウルを持ってきて、ジョージーナは心底ほっとした。ベアトリクスが退席するという合図だったからだ。少女はいとこにおやすみのキスをして、客たちにも挨拶をすると、最後にジョージーナのところへ来た。

「一緒に来てくれる？」

　ユリウスの視線を意識しながらベアトリクスの手を取り、ジョージーナは部屋を出た。まずコルのようすを見に行ったが、たっぷりと夕食をとったうえに次々と来客があったせいか、すでに眠そうな顔をしている。それでも、少年はパーティのようすを事細かに聞きたがった。

「ユリウスがさっき来たけれど、パーティは大成功だって言っていた。きれいな女の人たちがたくさんいて、銀河みたいだって。ジョージー、銀河ってなに？」

　ジョージーナはうわの空で答えた。客間に戻るのはやめよう。私がいなくても、あの辛口の老人以外は誰も寂しいと思わないはずだ。

「なんだか寂しそうね」ベアトリクスが言った。「そんなはずはないのに、ジョージー。だって、あなたはあの中でいちばんきれいだったもの」

ジョージーナは悲しそうな笑みを少女に向けた。

「そう言ってくれてうれしいわ。さあ、ベッドに入りましょう。あなたとコルが寝たら、私も休むことにする」

「なぜパーティに戻らないの？　みんなが嫌いなの？」

「そんなことはないわ。でも、そろそろお開きの時間だし、明日は寝坊したくないの」もっともらしい答えにベアトリクスは納得したようで、ベッドに入るとすぐに目を閉じ、ジョージーナはさらに言った。

「早く寝れば寝るほど、クリスマスも早くやってくるわ。ジンジャーとトトも疲れているみたい」

ベアトリクスを抱きしめ、ジョージーナはコルのところへ戻った。彼を寝具でくるんでから自分の部屋へ行き、椅子に座ってかすかに聞こえるパーティのざわめきに耳を傾ける。指輪に気づいた彼女はため息とともにそれをはずすと、ミリーがどこかで見つけてきたユリウスのサッカー用の靴下を取り出した。それから、コルとベアトリクスのために用意したちょっとしたプレゼントを靴下につめはじめる。朝食のあとで大きなプレゼントをもらうけれど、二人は靴下に入れられた小さなプレゼントも楽しみにしている、とディンフェナが言っていたのだ。

つめおえたころにはパーティもお開きになったようで、遠くで挨拶をする声や雪の中を進むタイヤの音が聞こえた。ジョージーナがベアトリクスの部屋へ向かったとき、階段を上がる足音がして、ロビーを連れたユリウスが現れた。ジョージーナが指を唇にあてて〝しいっ〟とささやくと、彼は彼女の腕をつかんで自分の部屋に引き入れた。

「その靴下をいったいどこで手に入れた？　それを見るのはケンブリッジで学生だったころ以来だよ」

「なにか古いものが欲しいと、ミリーに頼んだの。使ってほしくなければ、すぐに代わりをさがすわ」

ユリウスはポケットに手を突っこんで、たんすに寄りかかった。「かまわないさ。君のすばらしい努力に少しでも貢献できて、うれしいくらいだ」穏やかな声で続ける。「パーティに戻ってこなかったね？」

ジョージーナは言葉を選びながら答えた。「ええ、子供たちを寝かしつける時間だったので……」

「それは二時間も前のことだろう」じっと見つめられ、ジョージーナは落ち着かない気分になった。

「とてもよく似合っている」ユリウスは片方の足からもう一方の足に体重を移動させた。「まるで〝緑の乙女〟だな」彼はつぶやいた。

ジョージーナはいぶかしげな顔をした。今まで〝乙女〟などと言われたことはない。

「地下室で見つけたんだ」ユリウスは驚いたような声でさらに続けた。「オランダの酒で、その名前は十七世紀の――」

彼女は恥ずかしそうに言った。「あの……一瞬、私のことかと思ったわ」

「君のことだとも。君は乙女だろう？　そしてグリーンのドレスを着て……酒のように酔わせる……」

そのとき、ドアをそっとたたく音がした。

入ってきたカレルも、いとこと同じように驚きの声をあげた。「へえ、ユリウスのサッカー用の靴下か！　いったいどこで見つけたんだ？」

「ミリーが見つけたの」

「さすがだな。どこになにがあるか、全部わかっているんだね。子供たちは寝たのかな？」

ユリウスが答えた。「そのようだ。僕が階段を上がってくると、ミス・ロッドマンに強い口調で静かにしろと言われた……自分の家なのに！」

「ごめんなさい。ただ、これを持っていこうと思っていて」彼女は靴下を指さした。

「それならみんなで行こう」ユリウスはたんすの引

き出しを開けた。「ほら、お嬢さん、これもつめて」

ジョージーナはだんだん楽しくなってきた。ベアトリクスは枕に髪を広げ、小さなピンク色の口をかすかに開けて眠っていた。二匹の猫たちが身動きもせずに見つめる中、ベッドの柱に靴下を結びつける。頭のすぐそばに靴下を結びつけたというのに、コルも目を覚ますことはなかった。

ふたたび廊下に出ると、ジョージーナは言った。

「それじゃあ、おやすみなさい」

だが、ユリウスは彼女を青い瞳でじっと見つめた。その目の奥は光っている。「階下で一杯飲もう」反論しようとする彼女を、彼は大きな手を上げてさえぎった。「かかえてでも連れていくから、言い訳をしても無駄だ。君があまり重くなければ、の話だが。カレル、執事のところへ行って、〝緑の乙女〟のボトルを出してもらってくれないか？　僕たちの〝緑の乙女〟に敬意を表して、開けようじゃないか」

「私はちっとも重くなんかないわ」

ユリウスはくすくす笑った。「悔しいのか？　僕だって、からかうことくらいできるんだ」

「僕だって、とは？」ジョージーナはきき返した。

彼はうなずいた。「君は今夜、僕たちをからかったのではないのか？　あのときはわからなかったが、今では確信している」そして、もう指輪をしていないジョージーナの手をつかんで持ちあげた。泣きたい気持ちを懸命にこらえ、ジョージーナが唇を噛《か》んで震えまいとしていると、彼はやさしい口調で言った。「君なりの理由があったんだろう？」

彼女がうなずいたあと、ユリウスは続けた。

「そうか、冗談でよかった。カレルがひどく暗い顔をしていたから」

戻ってきたカレルに、指輪の件は単なる冗談だったと、ユリウスは明るく説明した。

ディンフェナやフランツも加わり、暖炉を囲んで話に花を咲かせたおかげで、ジョージーナがベッドに入ったのは夜中の一時前だった。うとうとしはじめたとたん、ジョージーナは自分の気持ちがますますユリウスに傾いていることに気づいてはっとした。

次の朝、冷えきった空気の中でミニのエンジンをかけたとき、暗闇からユリウスの声が聞こえた。

「おはよう、ミス・ロッドマン。それから、メリークリスマス。場所を譲ってくれないか。こんな道を運転して、命を危険にさらすことはない」

ジョージーナは黙って座席を移動した。心臓はすさまじい速さで打っていたけれど、どうやら彼には聞こえていないらしい。

村へ行く途中、車は幾度となくスリップしたが、彼と一緒にいるのがあまりにうれしくて、ジョージーナは気づきもしなかった。

満員の小さな教会には、ひいらぎと菊の香りが漂っていた。礼拝を楽しんだジョージーナは、家に帰る車の中であれこれと話しかけたが、ユリウスからは生返事しか返ってこなかった。

「話しかけないほうがいいかしら？　運転のじゃまだった？」

「いや、そんなことはない。君のおしゃべりは楽しいよ」だが、ジョージーナはぴたりと黙りこんだ。

玄関の前でミニをとめたユリウスは、雪の中をぐるりとまわってきて、ジョージーナが降りるのを手伝った。まだあたりは暗いが、何軒かの窓には明かりがともり、凍えるような寒さのせいで星がとても近くに見える。ジョージーナは空を見あげた。「クリスマスって大好き。すてきな時間だもの」

ユリウスの手がジョージーナの腕をぎゅっとつかんだ。「君がクリスマスの精神にあふれているといいんだが、ミス・ロッドマン」

彼女は視線を空からユリウスの顔に移した。「つまり、愛することと与えることができる心を持っていてほしいって意味？」

「ああ、そういう意味だ。愛することと与えることができる心を持っていてほしい」彼はジョージーナの腕をつかんでいた手をゆるめた。「階段に気をつけて。すべりやすくなっているから」

クリスマスらしい幸せなその日、みんなはコルの部屋に集まってプレゼントを開けた。一つ一つを見て喜んだり感謝したりするうちに、時間はあっという間に過ぎていった。みんなはジョージーナにもなにかしらプレゼントを用意していて、ベアトリクスのちょっと不格好な手作りの針刺しから、ユリウスのかなり高価と思われる銀のバレンチノの鏡まで、さまざまなものをもらった。

夕食もみんなで一緒にとることになり、コルの部屋にテーブルが運びこまれ、クラッカーやらひいらぎやら紙のリボンで飾りつけがされた。それぞれが身支度をしに引きあげ、ジョージーナがふたたびグリーンのドレスを着てコルの部屋に行ったとき、ユリウスが少年と話をしていた。少年の頬にはなぜか涙の跡があったが、ごちそうを食べるころには笑顔が戻っていたので、ちょっとした言い争いでもあったのだろうと、ジョージーナは深く考えなかった。

少年の涙の理由がわかったのは、その日の遅くだった。ほかのみんなが部屋に引きあげたあと、明日かあさってには全員でオランダに行くと、ユリウスが告げたのだ。ただしもちろん、コルはダルマーズ・プレイスに残らなければならず、ジョージーナも少年についていなければならなかった。

ベッドの中で、彼女はオランダ行きに関するユリウスとの短い会話を幾度となく思い返した。そして、今年のクリスマスは今までにないほどすばらしかったでしょうと自分に言い聞かせ、頬に流れる涙をぬぐおうともせずに目を閉じた。

8

オランダに出発する前、ジョージーナはユリウスと一度しか顔を合わせなかった。彼はひどく事務的な態度で留守中の指示をし、毎晩五時から六時の間にオランダから電話をかけると告げた。さらに、緊急の場合は時間を気にせず電話してかまわない、電話番号は執事が知っている、とつけ加えた。

注意深く指示に耳を傾けたジョージーナは、ふさいだ気持ちは押し隠して〝言われたことはきちんと守ってコルの面倒はしっかり見るし、みんなが休暇を楽しめますように〟と返事をした。ユリウスは彼女を見つめてさよならを言ったが、次の瞬間にはもう別のことに気を取られていた。

みんなが行ってしまい、家の中が静かになると、ジョージーナはいつもどおりにコルの世話をした。少年もなに食わぬ顔をしていたが、本当はがっかりしているに違いない。だから午後の散歩の時間になっても、ジョージーナは声が枯れるまで『たのしい川べ』を読んで聞かせ、お茶の時間のあとはコルが歌えるようにピアノを弾いた。

コルの声は天使のように美しく、ジョージーナも少年に合わせて歌い、楽しい時間を過ごした。そのうち、ユリウスから電話がかかってきた。コルがオランダ語で楽しそうにおしゃべりをするのを聞きながら、彼女はユリウスがオランダの家でゆっくりとくつろいでいる姿を想像した。自分にもなにか伝言があるかもしれないと期待したが、結局はなにもなく、みんながオランダに到着したことをコルから聞かされた。「ベアトリクスは元気がないんだって。それから池に氷が張っているから、スケートができるかもしれないって」

「池？　あなたの後見人の庭には池があるの？　知らなかったわ。どんな池？」

「大きな池だよ」コルはもったいぶって言った。

「庭だって、ここのより広いんだ。家の形も全然違っていて、真四角で、窓が大きいんだよ」

「絵に描いてくれる？」夕食までコルの気をまぎらすことが見つかって、ジョージーナはほっとした。庭や池の絵をほめられたコルは、気をよくして家の絵も書いた。その腕前が確かなら、どうやらかなりの豪邸らしい。

「家に名前はあるの？」彼女はきいた。

　コルはうなずいた。「ベルゲンステインっていうんだ」ジョージーナが正しく発音できるまで少年はその名前を何度か繰り返し、家がどこにあるかも詳しく教えてくれた。「ベアトリクス女王様の住んでいる宮殿の近くだよ。家のまわりにはたくさん木があって、野原もある。その横の細い道をずっと行くと、ベアトリクス女王様の家に着くんだ。もちろん、そんなことをしたことはないけれど」少年は夕食が運ばれてくるまで話しつづけた。

　寝る前、コルはぽつりともらした。

「ユリウスが言ったんだ。僕を置いて行きたくはないけれど、毎年新年にみんなで訪ねているのに、今年だけベルゲンステインに行かなかったら、叔父さんも叔母さんもいとこたちもがっかりするだろう、僕に会えなくてもディンフェナやフランツやベアトリクスには会いたいはずだって。でも、どうしてもみんなに行ってほしくないなら電話してそう言ってもかまわないって、僕の気持ちをきいてくれたんだ。だから僕はジョージーがいてくれるなら、一人でも平気だって答えたんだよ」彼はふっと息を吐き出した。「僕は父さんにそっくりだって言われた。そう言ってくれると思っていたって」

「まあ、あなたの後見人はあなたをとても誇りに思ったはずよ」ジョージーナはコルの脚をマッサージしながら言った。

「ジョージーはいつでもユリウスじゃなくて、〝あなたの後見人〟って言うね。なぜ？」

彼女はマッサージする脚を替えた。「あなたの後見人は私の雇い主だからよ。ほかの言い方で呼ぶのは失礼だわ」

「ユリウスもジョージーのことを〝ミス・ロッドマン〟って言うよね。僕たちはみんなジョージーって呼んでるのに」コルは一瞬黙りこんでから、怒ったような口調で言った。「僕はいやだな。ベアトリクスもいやだって言ってる。二人はお互いが嫌いなの？　カレルはやどりぎの下でジョージーにキスをしたけれど、ユリウスはしなかったよね」

ジョージーナは唇を噛《か》んだ。「まさか、嫌ってなんかいないわ」やどりぎの話は聞き流したほうがよさそうだ。「それじゃあ、こうしましょう。みんなが留守であなたしかいない間は、ユリウスって呼ぶわ。いいかしら？」

コルの表情が明るくなった。「うん、それがいいよ、ジョージー。ユリウスだって文句は言わないさ。ジョージーみたいな人はいないから、うんと大事にしなければいけないって言ってたもの。どういう意味だと思う？」少年は彼女を見つめた。「顔が真っ赤だよ。脚をマッサージするのって大変なの？」

「たいした意味はないと思うわ。きっと看護師は不足しているから、なかなか見つからないと考えているのね。さあ、今夜はこれでおしまい」

ジョージーナはコルにおやすみのキスをして抱きしめ、明るい声で言った。

「明日はカレンダーを作りましょう。小さくて四角くて、毎日めくる形式のを。夜に一枚ずつ破っていけば、時間が過ぎていくのがよくわかるわ」

実際、日々は流れるように過ぎていった。いろいろな分野の専門家たちがやってくるようになると、ユリウスとの電話も自然とそういった話が中心になった。ドクター・ソウブリッジはレントゲン写真を満足げに眺めたあと、自分の脚で立ちあがっても、決してあせって無理をしてはいけないとコルに説明した。「ユリウスがクリスマスに君に贈ったという自転車はなかなか格好いいが、私がいいと言うまで乗ってはいけないよ」

その後昼食をとりながら、ドクター・ソウブリッジはジョージーナが看護師長になるのでは、という話を始めた。「君ならすばらしい看護師長になるだろう、ジョージー。もちろん、それが君の望みであれば、だが」

ジョージーナはなにも答えなかった。〝いいえ、それより私はユリウスと結婚したいんです〟などと言おうものなら、びっくりされるに決まっている。

大晦日《おおみそか》の夕方にオランダからかかってきた電話はとても長かった。どうやら親戚全員が代わる代わるコルと話をしているようだ。やがて少年が言った。

「ジョージー、ユリウスが話したいって」

ジョージーナは受話器を受け取り、なにをどう報告するかせわしなく考えた。すると彼が言った。

「いや、ドクター・ソウブリッジから聞いているから報告はいい。それより君は元気か？」

「ええ、とても元気よ。ありがとう」

ユリウスは驚くようなことを言った。「年が明けるころ、君のことを考えるよ」

なんと答えていいのかわからない。「なぜ？」

笑い声が聞こえた。「また答えが欲しいのか？ それなら、答えはしばらく待ってもらわなければ。じゃあ、おやすみ」

彼女はがっかりした。ユリウスは〝よい年を〟とすら言わなかった。

ジョージーナは年が明ける時間まで起きているつもりはなかった。そんなことをしても意味があるとも思えない。遅くならないうちに大叔母に電話をすると、ほかにすることもないのでのろのろとベッドに入る準備をし、本を持ってコルの部屋の暖炉の前に座る。コルはぐっすり眠っているので、話し相手にはならなかった。

やがて時計が十二時を告げ、ジョージーナは読むふりをしていた本を置いた。ユリウスはなにをしているのだろう？　一族と友人がオランダに勢ぞろいしている、とコルは言った。たぶん、そこには美しくて洗練された女性たちも一緒なのだろう。涙に濡《ぬ》れる目を閉じたとき、電話の鳴る音が聞こえた。コルに目を向けながら受話器を取り、ジョージーナは小さな声で言った。「もしもし？」

「起きていたね」同じくらい小さな声で、ユリウスが言った。「新年おめでとう、僕の緑の乙女」

彼女はほほえんだ。「ありがとう。あなたにとってもすてきな一年になりますように」

「心配はいらない。そうなるはずだ。子供たちと代わるから、そのまま待っていてくれ」

みんなは順番にジョージーナと話をした。ディンフェナ、カレル、フランツ。とても眠そうなベアトリクスのあと、最後にもう一度ユリウスが言った。

「さあ、ベッドに入りなさい。おやすみ」

ベッドに入ってからもしばらくの間、ジョージーナはなぜユリウスが電話してきたのか考えていた。私がいないことを寂しいと思ってくれたならうれしいのだけど。いいえ、きっとミスター・ステファンズやミリーにも電話しているはずで、ぬか喜びしてはだめよ。翌朝まさにそのとおりだったとわかって、彼女はひどくがっかりした。

セント・アーセル病院の友人から届いた手紙によると、三月に看護師長が病院を辞めたらジョージーナがその後任になるという噂《うわさ》があるらしい。でもあなたは別のすてきな将来を決めているのではないか、エイフェルト教授は独身で、結婚相手としては最高らしいわね、とも手紙には書かれていた。

三カ月前なら、看護師長への昇進は願ってもない話だった。なのに、今はなんの魅力も感じない。

その後の数日間は悪天候が続いたが、家庭教師がコルの授業を再開したので、ジョージーナは毎日出かけられるようになっていた。最近の散歩相手はラブラドール犬のロビーだ。一緒に歩くと体が濡れてしまうので、帰ってきてから時間をかけて乾かしてやらなければならないが、その手間が苦にならないほど犬との散歩は楽しかった。

ふたたびやってきたドクター・ソウブリッジは、コルに軽く体を動かすよう指示すると、脚を固定するのもあと四週間ほどだろうと説明した。治療が一段階進んで、ジョージーナはコルと一緒に喜んだ。

もっとも、彼女の喜びには落胆もまじっていた。四週間などあっという間に過ぎる。ユリウスがじきにオランダから戻ってきたとしても、毎日会えるとは限らないだろう。

ドクター・ソウブリッジは昼食をとりながら、ふたたび人づてに聞いた病院の噂話をした。

「君にとってまたとないチャンスだ、ジョージー。緊急治療室で経験を積むつもりはあるのか？」

ジョージーナは視線を皿に落とした。「ええ、そのつもりです」あまりうれしそうでない言い方をしてから、相手の鋭い視線に気づく。「私……びっくりしているんです。なんだか信じられなくて。恵まれていることはよくわかっているのですが」

「恵まれている？　そう言うのは、君が望んでいる場合の話だ」

ジョージーナはなにも答えなかった。

みんなが帰ってくる日、コルは早くに目を覚ました。そしていつもより一時間前に日課を始めたいと言い張り、そのとおりにしたせいですっかり疲れはて、いくぶん気むずかしくなっていた。時間が過ぎてもみんなが帰宅する気配はなく、いっそう機嫌が悪くなる。

天気が悪いから飛行機が遅れるのも無理はないし、もし無事に空港に着いたとしても、この悪天候で車を飛ばすとは思えない。ジョージーナがそう言っても、コルはまったく聞き入れようとしなかった。すると彼女の言葉を後押しするように、雨が窓枠を激しくたたき、雷が光ってすさまじい音をたてた。

コルは機嫌が悪かったのも忘れて怖がり、ジョージーナも嵐は嫌いだったが、椅子をベッドのそばに運んで少年に寄り添った。ミスター・ステファンズがようすを見に来てくれたので、ずいぶん安心した。

「お話でもしましょうか？」即興で冒険話を作り、ジョージーナは懸命に話した。夢中になって話しているうちに、雨や雷の音も耳に入ってこなくなる。そのとき、ベッドの下にいたラブラドール犬が這《は》い出してドアへ向かったので、二人はなにごとかと振り向いた。

ベアトリクスに続いて、ディンフェナとフランツが部屋に飛びこんできた。ジョージーナは三人に抱きつかれ、カレルには心をこもったキスをされた。カレルがまだジョージーナに腕をまわしている間、ユリウスが入ってきて二人にちらりと視線を向け、笑みを浮かべて言った。

「ただいま、看護師さん。もう戻ってこないのではないかと思ったか？」そしてジョージーナの答えを待たずにベッドに近づき、しばらくコルと話したあと、三十分後に夕食だから、とみんなに告げて出ていった。

にぎやかな夕食では、誰もがオランダでのあれこれをジョージーナに話したがった。といっても、ユリウスだけは例外で、会話には加わっていてもどこかうわの空だった。夕食が終わるころ、彼はコーヒーを書斎に持ってきてくれるよう、ミスター・ステファンズに頼んだ。

「悪いが、コーヒーを飲みおわったら僕のところへ来てくれないか、ミス・ロッドマン？」

書斎に行ったジョージーナは、ユリウスから暖炉のそばに置いた椅子に座るよう促された。

「コルと二人きりで退屈だったのではないか？」

「いいえ、まさか。私もコルもちっとも退屈ではなかったわ。もしそうだとしても、これが私の仕事だから」

「率直だな。君はここにいることをそんなふうに考えているのか？　仕事だからと割りきっている？」

「いいえ、違う。私はコルやベアトリクスが大好きだわ。フランツやディンフェナも……」

「カレルを忘れているぞ」

「カレル？　ああ、そうだったわ。みんなのことはきょうだいみたいに感じているの」

ユリウスの顔に、見たことのない表情が浮かんだ。

「君は彼らをそんなふうに見ているのか？」

彼の目はきらきらしている。「ごめんなさい、教授。生意気なことを言うつもりはなかったの。私ったら、またよけいなことを」ジョージーナは立ちあがった。「今のは忘れてもらえるかしら？」

「忘れる必要などないし、生意気でもない。なるほど、と思っただけだ」ユリウスはにっこりした。

「さあ、座ってコルのことを話してくれ」

ジョージーナは座り直し、てきぱきと質問に答えた。話を聞きおえたとき、彼が言った。

「あと一カ月ほどでコルは普通の生活に戻れると、ドクター・ソウブリッジは考えている。ところで、看護師長のポストが用意されていると聞いたが、君にとってはうれしい話なのか？」

ジョージーナはうつむき、両手をきちんと合わせて膝の上に置いた。「ええ」

「ほかにしたいことはないのか？」

彼女は自分の手を見つめた。器用な指と、形のいいピンク色の爪を。「ほかにしたいことがない人っているのかしら？ 私にとっては、もちろんうれしい話だわ。願ってもないチャンスだもの」彼女は立ちあがった。「そろそろ、コルのようすを見に行かないと」

ユリウスも立ちあがった。「僕たちが留守の間、コルの面倒を見てくれてありがとう。ほかの人に任せていく気にはなれなかったんだ。休みの日にはきちんと休んだのか？」

ジョージーナはドアのところまで来ていた。「いいえ……」また不愉快な顔をされるのかと思うと、体がこわばる。

「そうだろうと思った。つまり、休暇がたまっているということだな。次の休暇はあさってか？」

ジョージーナのためにドアを開けたあと、ドアノブから離した手で彼女の肩をつかんで、ユリウスはゆっくりとキスをした。そしてようやく手を離すと謎めいた言葉を口にし、そのせいでひと晩じゅうジョージーナは悩むはめになった。

〝白衣では足りないな〟あきらめたような口調で、彼は言ったのだ。

二日後、ジョージーナは大叔母の家に行った。じめじめとした灰色の空の下、やや乱暴にミニを走らせると、家の前には明るい色の冬の花が咲いていた。玄関には、磨いたばかりの家具の香りと食欲をかきたてるにおいが漂っている。老婦人二人に温かく迎えられたジョージーナは心にかかえた思いを吐き出したくなったものの、二人を力いっぱい抱きしめただけで車に荷物を取りに戻った。鞄《かばん》、オランダ土産である特大のチョコレートの箱、ミスター・レッグが渡してくれた腕いっぱいの花、さらには積んだ覚えのない箱もある。

家に運び入れて開けてみると、箱にはボルドー産の赤ワインが二本と、ユリウスの癖のある字で書かれた大叔母宛の手紙が入っていた。

話は尽きず、特に、ジョージーナが予想以上に早く看護師長になるかもしれないという話題は盛りあがった。ジョージーナは昇進をとても喜んでいるようにふるまい、看護師長になった場合の利点をあれこれとあげ連ねた。けれど気づくといつの間にか、ダルマーズ・プレイスでの日々のちょっとした出来事をうれしそうに話していた。

ようやくひと息ついたとき、ポリーが言った。

「病院に戻れば、ダルマーズ・プレイスとは生活がかなり違ってくるわよね。彼の家には三カ月もいたのだし……」そして、唐突にきいた。「自分が結婚することについて、彼はなにか言わなかった？」

ジョージーナは立ちあがって窓に近づき、必要もないのにカーテンを整えた。「言っていたわ。でも結婚するというだけで、相手が誰だとか、時期はいつだとかは聞いていないの。結婚するのが子供たちのためにいちばんいいんですって。自分は孤独だ、と話していたこともあるわ」

散らかした手紙の山や新聞に囲まれ、たった一人で朝食をとっているユリウスの姿が、ジョージーナの頭に浮かんだ。これからは妻となる人が、彼に寄り添ってくれるだろう。そうであってほしい。

「相手はイギリスの女性かしら？」大叔母が尋ねた。「シンディング家の娘でなければいいのだけれど」

「違うと思うわ。彼女たちは何度もあの家に来ているけれど……」ジョージーナは言葉をにごした。もしユリウスがシンディング家の娘の誰かに恋をしているのだとしたら、ずいぶんと気持ちをうまく隠しているものだ。でもそもそも隠す必要などないのだから、彼女たちのはずがない。「オランダに、マダム・ルファーブルという女性がいるらしいの。子供たちがよくその名前を口にしているわ。ユリウスはオランダにちょくちょく行っているのよ」ジョージーナは無意識のうちに教授をユリウスと呼んでいたが、大叔母はなにも言わなかった。

次の日、天候が少しばかり回復したので、ジョージーナは古いジーンズとセーターを着てじゃがいもを取りに行った。バスケットにじゃがいもを入れ、芽キャベツを摘んでいたとき、ミセス・モグに呼ばれたジョージーナは、膝立ちになって叫んだ。

「あら、ミセス・モグ、急ぎの用なの？」

「私じゃないわ。ダルマーズ・プレイスから紳士が見えたの」

ジョージーナは思わず立ちあがった。最初に感じたのは純粋な喜びだったが、次の瞬間にはこんなみっともない格好をしているときにひょっこりやってくるユリウスへの怒りに変わった。こっそり二階に行って着替えようかしら……。バスケットを持ち、細い煉瓦《れんが》の道をあわてて進むと、裏口で待っていたのはカレルだった。訪ねてきたのがユリウスだなんて、なぜそんな愚かなことを考えてしまったの！

ジョージーナは陽気に言った。「こんにちは、カレル。会えてうれしいわ」

カレルはバスケットを受け取り、ジョージーナの頬に軽くキスをした。「ああ、そうだろう？」そして、彼女の全身を眺めて笑った。「めかしこんでいるね」

彼女はちょっと膝を曲げて、挨拶をしてみせた。

「ずいぶんなほめ言葉ね。さあ、ポリー叔母さんに会って。私はコーヒーをいれてくるわ」

次の日ケンブリッジに帰る予定だというカレルと食事に出かけることになり、ジョージーナはツイードのスーツに着替えて、小ぶりの帽子をかぶった。

そして、キャベンディッシュにある〈ぶどうのつる〉という店へ行き、ロブスターや子羊肉のオムレツを堪能する。そのあと、彼女はふとせつなそうに言った。

「また病院で食事をすることになるなんて。こんな料理や、ダルマーズ・プレイスでの豪華なディナーに慣れてしまったのに……」

「君なら食事くらい、誰かが誘ってくれるだろう？」

「それはそうだけれど……」

「だったら」カレルがやさしく言った。「僕がときどき君を連れ出すよ。いずれにせよ、ユリウスが今後も君をダルマーズ・プレイスへ招待するんじゃないかな。そのときには、なにかとびきりおいしいものを用意しておくよう言っておくよ」

「やめて」ジョージーナは厳しい口調で言った。

「そんなこと、言わないで。招待されたって、私は行かないわ」

カレルは驚いた顔をした。「なぜだ？　弟たちや妹たちは君に会いたいだろうに」

「ええ、私も子供たちに会いたい。でも今回の仕事が終わったら、もうダルマーズ・プレイスには行かないほうがいいの」

彼は面食らっているようだ。「そんなにあの家が嫌いだったのか、ジョージーナ？」

ジョージーナは涙ぐみそうになった。「ああ、カレル、違うわ！　あそこでの一瞬一瞬が楽しかった。あそこを去ると考えただけで、耐えられないくらいなの」そこでやめるつもりだったのに、また口が勝手に動く。「つまり、私は本当に……すごく幸せだったのよ、カレル」彼女はすがるようにカレルを見た。「でも、あなたたちと私とでは、住んでいる世界が違うのよ」

「そんな考え方はばかげている。もしユリウスが聞いたら……」

ジョージーナの顔が赤くなり、次に白くなった。

「カレル、お願いだから彼には伝えないで。なにも言わないって約束して」

面食らった表情を浮かべていたカレルが、突然笑みを浮かべ、安心させるように言った。「約束するよ、ジョージーナ。神にかけて」

彼女は安堵《あんど》のため息をもらした。「ばかなことを言ってしまったわ。忘れてちょうだい」

「わかったよ。そうするしかないだろう？」

「あなたってめったにいないくらい、いい人ね」

「めったにいないくらいだって？　そこが問題なんだろうな。でも、もうなにも言わないよ」カレルはケンブリッジでの生活に話題を変えた。

ジョージーナを家に連れて帰ると、カレルは〝じゃあ、また〟と言って力強く彼女を抱きしめた。モーガン車が音をたてて去っていったとき、大叔母がつぶやいた。

「すてきな青年ね、ジョージーナ」そう言って、ため息をつく。「ミセス・モグにボルドーワインを開けてもらってちょうだい。乾杯しましょう」

ダルマーズ・プレイスに戻ったジョージーナは、コルとベアトリクスから熱烈な歓迎を受けた。たった三日間離れていただけなのに三週間ぶりのような喜び方だったが、ユリウスはというと、あわただしくロンドンへ出かけるところだった。セント・アーセル病院で容態の思わしくない患者がいるらしく、その日のうちに帰ってこられるかどうかは疑わしいという。

次の日も彼は家にいなかった。ジョージーナはいつもどおりの仕事をこなしつつも、一カ月と言われた期限まで三週間を切っている現実が気になってしかたなかった。朝、郵便物の整理を手伝うこともなければ、夕食後に書斎で報告をすることもなくなり、ユリウスとの間に芽生えていた友情も終わったように感じられる。ごくたまに家に帰ってきたときも、彼はみんなと紅茶を飲むのがせいぜいで、礼儀正しくやさしい態度で接してもらっていても、ジョージーナはなんとなく距離を感じた。

そして時間は流れるように過ぎていき、ついにコルの脚を診察に来たドクター・ソウブリッジが、脚を固定していた装置を五日後に取りはずすと宣言した。「さてと、ジョージー、君は一週間ほどでセント・アーセル病院に戻ることができる。コルが自分の脚で歩けるようになるまでさほど時間はかからないだろうし、そうなったらこちらはなんとでもなるからな。次は水曜日に来るとしよう。予定としては十時ごろかな」

車に乗りこんで帰っていくドクター・ソウブリッジを、ジョージーナは暗い表情で見送った。

水曜日、ドクター・ソウブリッジは約束どおりの時間にやってきた。ジョージーナはディンフェナに頼んで、ベアトリクスを村まで散歩に連れ出してもらった。ここ数日はぐっと冷えこんで少しばかり雪も降ったものの、その日は晴れたので、ベアトリクスはジョージーナに頼まれたこまごました買い物のリストを手に、うれしそうに出かけていった。

コルはずっと興奮状態が続いていて、朝食もとらず、体を洗うのもいつも以上にいやがった。松葉杖《づえ》も金属製の補強具もいらないと言い、自分の脚で立ったらまずは自転車に乗ると宣言した。だからドクター・ソウブリッジの姿に、ジョージーナは心底ほっとした。「ジョージー、車から靴を持ってきてくれないか？　今日、コルには自分の脚で立ってもらおうと思う」

「松葉杖を使わずに？」たちまちコルの機嫌がよくなる。

「松葉杖は使わない。君が言われたとおりにすれば、だがね。でなければ、使ってもらうぞ」

ジョージーナはにっこりして、階段を駆けおりた。老整形外科医は息子がいるので、男の子の扱いには慣れているのだ。

　玄関前の堂々としているが、どこか古めかしいベンツのすぐ後ろには、ロールスロイスがとまっていた。ドアが開く音で、トランクの中を引っかきまわしていたユリウスが顔を上げる。「靴を何足か用意した。コルの足は大きくなっただろうからね。僕が持っていくから、そこにいてくれ。外は寒い」

　ジョージーナは玄関先からユリウスを見つめた。彼はこちらに半分背を向けているので、好きなだけ眺めることができる。ユリウスが体を起こすと、彼女はすばやく視線をそらし、彼のために道を空けた。

「なぜそんなにじろじろと僕を見る？」

「じろじろですって？　ごめんなさい。意識して見ていたわけではなく、考えごとをしていたの」

「なんだ、残念だな」

　二人が無言のまま並んで階段をのぼり、部屋に入ると、ドクター・ソウブリッジはシャツ姿になり、コルは不安そうな顔をしている。ユリウスも上着を脱ぎ、小さないとこに励ますような笑みを向けた。

「さて、始めようか」

　最初の仕事は、ベッドの脚をのせている木製の台を動かすことだった。男性たちがベッドを持ちあげている間にジョージーナはすばやく台をどけ、長いことコルの脚に重みをかけていた錫《すず》をはずした。男性二人もコードやらなにやらをはずしていったが、その間もいつものようにおしゃべりするのは忘れなかった。ドクター・ソウブリッジが患者の両膝の下から長く細い牽引《けんいん》用の釘《くぎ》を抜くときは、ジョージーナがコルの手を握り、ユリウスが大きな体を使って巧みに視界をさえぎっていたので、少年はなにも気づかなかった。

最後の器具をはずしたあと、みんなはコルのやせて細くなった脚を満足げに眺めた。脚はきちんと回復していた。あとは筋肉をつけるだけで、たいした時間はかからないはずだ。「すばらしい。そう思わないか、ユリウス？　この子を椅子に座らせよう」ドクター・ソウブリッジが言った。

ジョージーナが暖炉のそばに用意した椅子に、ユリウスがコルを抱きあげて座らせると、彼女は少年の部屋着を整えてやり、膝をついて靴下をはかせた。するとユリウスはミスター・ステファンズを呼んで、低い声でなにかを頼んだ。やがて、執事はボトルとグラスを運んできた。

「これはお祝いに値すると思う」ユリウスは言った。「補強具をつける前に君の健康に乾杯しよう、コル」三人はまじめくさって少年のために乾杯し、コルもシェリーグラスについだりんごジュースを意気揚々と飲んだ。金属の補強具をつけるのは比較的簡単で、コルは後見人とドクター・ソウブリッジにはさまれ、ジョージーナの声援を受けて窓まで歩いた。

「すばらしい」ユリウスが言った。「それじゃあ、今度は看護師さんのところまで歩いてみようか」

コルが男性二人の手をしっかりと握り、自分に向かってぎこちなく歩いてくる姿を、ジョージーナはじっと見つめた。少年の顔に浮かぶ喜びや興奮に目頭が熱くなり、ようやくたどり着いた彼をしっかりと抱きしめて、震える声で言う。「ああ、コル、あなたってすごいわ！」ため息をついた彼女は、ドクター・ソウブリッジに感謝に満ちた顔を向けた。

「ジョージー、うまくいったのは君のおかげだ。力を貸してくれてありがとう。緊急治療室での勤務に飽きたら、知らせてくれ。君なら、いつでも大歓迎だよ」老整形外科医は温かい言葉をかけた。

当然ながら、その日はいつもと違う日になった。

ユリウスはそのまま家にとどまり、カレルも昼食の時間に間に合うように帰ってきた。コルは後見人に連れられて意気揚々とダイニングルームに姿を見せ、兄たちや姉や妹と一緒に食事をした。

おしゃべりと笑いが絶えないにぎやかな時間を過ごしたにもかかわらず、ジョージーナは食事が終わるとほっとした。いつまでも明るくふるまうことが苦痛になってきたからだ。ダルマーズ・プレイスで過ごした三カ月間と一緒に暮らした人々を忘れるのに、私はどれくらいかかるのだろう？　いいえ、忘れることなどできない。みんなが好きだし、なによりもユリウスを愛しているのだから。

食事が終わると、ドクター・ソウブリッジの指示に従ってコルは有無を言わさず部屋に連れ戻され、金属の補強具を取ってベッドに寝かされた。

「ゆっくり急げって言うでしょう？」ジョージーナはきっぱりと告げた。「どんなにいやな顔をされても、ドクター・ソウブリッジの指示は守ってもらうわ。お茶の時間までゆっくり休みなさい」

ジョージーナが散歩に出かける準備をしていたとき、ベアトリクスがドアをノックした。「一緒に行ったらだめ？」

「大歓迎よ」ジョージーナは答えた。「でも、新しいコートを着ていらっしゃい。雪が降ってもおかしくないような寒さだもの。それに、あれはあなたにとてもよく似合っているわ」

二人が階段を半分ほど下りるとユリウスが階下の廊下に現れたので、ベアトリクスは残りの段を駆けおりて彼に抱きついた。「ジョージーと一緒にお散歩に行くの。お願いしたら、きっとユリウスも連れていってくれるわ。いいでしょう、ジョージー？」

なんと答えようかジョージーナが迷っていると、ユリウスが先に口を開いた。「すてきな提案だな。だが残念ながら、お茶の時間の前に片づけてしまわなければいけないことがあるんだ」

二人にほほえみかける顔は、コルがいたずらをたくらんでいるときの表情ととてもよく似ていた。

散歩から戻ったあと、雪が降りはじめた。ジョージーナは白衣に着替え、ナースキャップを頭にのせてコルの部屋へ行った。中に入るなり、みんなが期待に満ちた顔でちらちら見ている感じがしたが、あまり気にとめず紅茶をいれる。顔を上げると、いつの間にか会話はやんでいて、ユリウスの目がこちらに向いていた。彼が穏やかな声できく。「パスポートは持っているのか、ミス・ロッドマン？」

ジョージーナは首を振った。質問の意図がよくわからない。「いいえ、持っていないわ。この国から出たことはないので」

しょっちゅう旅をしているエイフェルト一族の青い目という目が、いっせいに彼女に向けられた。

「出たいと思わなかったの？」ベアトリクスが言う。

「もちろん思ったわ」思わず強い口調になり、ジョージーナははっとして黙りこんだ。旅行の機会に恵まれなかったのは、この人たちのせいではない。

「いつの日か、ウィーンに行くつもりよ。それからマルセイユの海岸線にも。ああ、その帰りにパリに寄ってもいいわね」

「それもいいが、僕たちと一緒にオランダへ行こうとは思わないか？」ユリウスの言葉に、ジョージーナは目をまるくした。「実は、休暇を取ってコルをベルゲンステインに連れていきたいんだ。だが、君が一緒に来てくれないことにはどうしようもない。お願いできないか？」

彼女は大きく息を吸った。「ええ、ありがとう。喜んで行かせてもらうわ」そう言ったとたん、さまざまな事柄が頭をよぎった。パスポートを取らなければいけないうえに、服も準備しなければ。出かける前に大叔母に会う時間はあるかしら？ オランダにいる間、自由時間はもらえる？ そもそも、オランダにはどうやって行くの？

ユリウスはやはり人の心が読めるようだ。「服やパスポートのことは心配しなくていい。あとで書斎に来てくれないか？ 細かい点を話し合いたい」

手が空いたジョージーナが書斎へ行くと、彼は彼女を座らせ、机でなにかをさがしはじめた。紙や本や薬のサンプルがあらゆる方向に散らばっていき、ジョージーナはため息をついて立ちあがった。

「また封筒の裏にメモを書いたのでは？ 私に任せて。こんなにごちゃごちゃしていては、見つかるはずないわ」彼女は散乱したものを分別し、一分か二分ほどでなくしたメモを見つけてユリウスに渡した。

「ああ、君を必要としているのはコルだけではないようだ」ユリウスはかすかな笑みを浮かべた。「それじゃあ、座ってくつろいでくれ。取って食べたりしないから」

暖炉の炎の前でジョージーナは頬を染め、おとなしく席に戻った。靴の先をじっと見つめて、彼の声に耳を傾ける。

「パスポートは申請している時間がないが、臨時のものなら発行してもらえる。明日、調べてみよう。出発の前に、一度叔母さんの家に帰りたいだろう？ 君さえよければ、明日の夕食後に僕が連れていくよ。服装に関しては、そうだな、ディンフェナが僕よりもうまく説明してくれるはずだ。それからスケート靴も必要になる。スケートの経験は？」ジョージーナはうなずいた。「それと、クリスマスに着ていたグリーンのドレスも忘れずに持っていってくれ」

ユリウスは封筒のメモを見つめたまま続けた。「滞在は二週間ほどの予定だ。その間に、僕はブリュッセルでの会議に参加する予定があるし、一度はイギリスへ戻ることになるかもしれない。だがカレルは数日滞在するはずだし、ディンフェナやベアトリクスもいる。観光に行きたければ、二日ほど好きなことができる日があるよ。そんなところかな」

「わかりました、教授」ジョージーナは立ちあがった。話はこれで終わりのはずだ。

ユリウスも立ちあがり、ジョージーナに近づいた。「あと一つだけいいかな。コルをこんなにもしっかり世話してくれた君への感謝の気持ちをどう表していいのか、僕にはわからない」青い目がさぐるように彼女の顔に向けられた。「でもいつか、きっと報いる方法が見つかるはずだ。だから今は、ただ〝ありがとう〟とだけ言っておく」

彼との距離が近すぎ、ジョージーナは懸命に自分を落ち着かせた。「お礼を言う必要なんてないわ、教授。私だって、コルの回復をあなたと同じくらいうれしく思っているのだから。私はあの子が好きで、ここにいる間、とても幸せだった。わかっていると思うけれど」彼の顔をちらりと見る。「そういえば、いつ出発なのか聞いていなかったわ」

ユリウスの顔にはいつもと同じ穏やかな表情が浮かんでいた。「ああ、そうだったな。土曜日に発《た》とうと思っている。ハリッジまで車で行って、そこからフーク・ファン・ホラントまでは船に乗り、そこから車で家に向かう」

「車も船に乗せるの？」

「そんなことはしない。誰かにアストンマーチンをベルゲンステインから運ばせるつもりだ」

ジョージーナがドアに向かったとき、ユリウスが歩いてきてドアノブを握る彼女の手に手を重ねた。「緊急治療室の看護師長の話を、君は受けることに決めたのか？」

彼女は顔を上げた。「ええ、そうすることになるでしょうね」静かな声で言い、ユリウスがドアを開けて通してくれるのを待った。

9

次の日の夕食後、ユリウスはジョージーナをポリーのコテージへ連れていったが、その間ほとんど口を開くことはなかった。〝サフロン・ウォルデンで臨時のパスポートを発行してもらえることになった〟と言ったあとは、コルの脚に関してと、天候などのとりとめのない話をした程度だった。

あたりは身を切るように寒く、地面は凍っていたが、〝これほど寒くなるからベルゲンスティンでスケートができるんだ〟とユリウスは言った。あと一日か二日もすれば、理想的な状態になるそうだ。

ジョージーナはユリウスの横顔をちらりと見た。雪は吹き荒れて道は鏡のように凍りついているのに、彼は太陽の光を浴びているかのように、少しもあわてることなくロールスロイスを寂れた道路に走らせている。こんなにリラックスして運転する人もめずらしい。

玄関を開けて二人の顔を見たミセス・モグはひどく驚いたが、居間にいた大叔母はもっと驚いた。「まあ、うれしいこと!」彼女はそう言って姪《めい》にキスをし、ユリウスと握手をした。「ジョージーナ、ミセス・モグにコーヒーを頼んでもらえる? それから今日焼いたばかりのおいしいビスケットも」

ジョージーナは、ミセス・モグにいれてもらったコーヒーをトレイにのせて居間に戻った。ユリウスはすでにコートを脱いで大叔母のそばに座り、二人で大好きなワインの話に夢中になっている。みんなにコーヒーが行きわたると、彼が言った。

「僕たちがなぜ来たのか、不思議に思っておられることでしょう、ミズ・ロッドマン。コルが多少なりとも自分の脚で立てるようになったので、休暇を取ってオランダに連れていくことにしました。その際、ジョージーナにも一緒に来てほしいとお願いしたんです。出発は土曜日の予定で、ハリッジまでは一時間ほど車を走らせ、そこから船に乗る予定なんです」

意外にも、ポリーはちっともびっくりしなかった。

「オランダに連れていってもらえるなんてよかったわね、ジョージーナ。この時期オランダは寒いでしょうから、どんな服を持っていくかよく考えたほうがいいわ」

今までずっと白衣だったけれど、いい機会だからきいてみよう。「私はこの先も白衣を着ていたほうがいいのかしら、教授?」

「いや、もう白衣は必要ない」理由を聞こうとすると、ユリウスと目が合った。その目はおかしそうにきらきらと光っている。「なにを持っていったらいいか、ディンフェナは教えてくれたか?」

「ええ、教えてもらったわ。それじゃ、部屋へ行って準備をしてこようかしら……」

大叔母はうれしそうにうなずいた。「そうなさい。あなたがいない間、私はユリウスからオランダの家のことをいろいろと話してもらうわ」

二階へ行ったジョージーナは思った。いつから大叔母は彼のことをユリウスと呼んでいるのかしら? 二人はまるでずっと前から親しい友人みたいで、自分が〝看護師さん〟とか〝ミス・ロッドマン〟としか呼ばれないことがよけいにこたえる。

ジョージーナは屋根裏部屋へ行ってスーツケースを取り出し、ベッドの上で開くと、持っていく服を考えはじめた。あれこれ迷ったあげく、厚手のツイードのスカートとそれに合うセーターを二枚、スラックスを二本、アプリコット色のジャージー素材のワンピース、淡いブルーのウールのロングドレスを選ぶ。そのドレスは袖が短く、きちんとした襟がついているので、晩餐会《ばんさん》にはぴったりだ。ベルゲンスティンがコルの描いた絵のとおりなら、こういうドレスが必要だろう。山積みになった服を見つめた彼女は、少し考えてからもう一枚、ミルクチョコレート色のオーガンジーのドレスを加えた。幅広の袖は袖口できゅっと締まっていて、太いベルトがウエストをすっきりと見せ、襟が細かいひだ状になっている。着る機会があるかどうかはわからなかったが、お気に入りの一着なので荷物に入れた。

荷造りが終わったころ、ユリウスがスーツケースを取りに二階に上がってきた。そして部屋の真ん中に立ち、じっくりと興味深げに室内を眺めまわす。ジョージーナ自身は気に入っている空間だが、ほかの人がじっくり見るほどのものがあるわけではないのに、なぜだろう？

ようやく、彼はスーツケースを持ってドアに向かった。「すてきな部屋だ。暮らしている人と同じだな」

ユリウスに続いて階段を下りる間も、ジョージーナの頬は熱く、心臓は激しく打っていた。彼が深い意味もなく言った言葉にそんなふうに反応する自分に、彼女は怒りさえ覚えた。この人はきっと、女性と見れば必ず同じことを言うのだ。けれどいくらそう言い聞かせても、頭の中でぐるぐるまわるロマンティックな想像を抑えつけることはできなかった。

ところが帰り道のユリウスは、セント・アーセル病院の集中治療室《ICU》で受け持った患者の驚異的な回復について延々と話しつづけた。看護師として聞くには興味深いけれど、個人としてはひどくつまらない話だわ、とジョージーナは思った。

一行は土曜日の夕方、オランダに出発した。コルはジョージーナにつき添われてロールスロイスの後部座席で横になり、ベアトリクスとディンフェナはユリウスとともに前の席に座った。カレルとフランツは次の週に合流するので、ミセス・ステファンズやミリーと一緒にいる。ミスター・ステファンズの姿は見えなかったが、レッグ夫妻は小さな玄関に身を寄せ合って立ち、通り過ぎる彼らに手を振った。

気温が一段と低い日で、空には灰色の雲がどこまでも続き、地面は鉄のように冷え冷えとしている。執事がいない理由は、ハリッジの税関でわかった。ユリウスが車をとめたとき、車椅子を用意したミスター・ステファンズが、三人の男たちを従えてランプの精のように姿を現したのだ。ユリウスはコルをその車椅子に乗せた。「みんな、船に乗りなさい」

「あなたも来るのかしら、ミスター・ステファンズ?」ジョージーナはきいた。

執事は首を振った。「いいえ、ミス・ロッドマン。私は車を家に持ち帰り、みなさんがお戻りになるとき、またここでお待ちしています。よい休暇を」そう挨拶して、彼は帰っていった。

デッキでは男女の客室係とパーサーに迎えられ、それぞれの客室に案内された。ジョージーナが案内されたのは一人部屋で、ディンフェナやベアトリクスの部屋とつながっており、船室というより普通のホテルの客室に見える。船室の寝台は通常作りつけなのに、彼女の部屋には立派なベッドが置かれ、少女たちの部屋にもツインベッドがしつらえられていた。「コルはどこ?」ジョージーナはきいた。

ディンフェナは通路の反対側を指さした。「あっちの部屋でユリウスと一緒よ」

そんなはずはないと思って、ジョージーナは半開きになっている向かい側のドアをノックした。するとコルがベッドではしゃぎ、ユリウスがもう一つのベッドに座って、メニューに目を通している。入ってきた彼女を見て、二人は顔を上げた。「おや、ミス・ロッドマン、なにかご用かな？」

「ええと……手違いがあったようだから。コルは私と同じ部屋ではないの？」

「いや、手違いではない。今夜は海が荒れそうだと客室係が言ったので、君は一人のほうがいい。コルは船酔いしないから、僕たち二人はぐっすり眠れるというわけだ。もし気分が悪くなったら、客室係が面倒を見てくれる」

「なるほど。考えてもみなかったわ」自分がみじめに過ごすことになるかもしれない夜に、彼がぐっすりと眠るのかと思うと気分はよくなかった。「コルに寝る準備をさせるわね。それから、夕食を頼んでくる」

ユリウスが笑った。「コルの世話をしてくれるなら、ミス・ロッドマン、夕食は僕が頼んでこよう。ホットミルクとサンドウィッチでいいかな？」彼はぶらぶらと部屋から出ていった。

コルをベッドに入れ、客室係が持ってきた軽食を食べるよう言ってから、ジョージーナはベアトリクスをさがしに行った。少女は後見人と姉の間に立ち、大きなアーク灯に照らされながら積みこまれる船荷を見ていたが、ジョージーナに気づいて言った。

「ジョージー、あと五分だけいいでしょう？」

「だめよ」ジョージーナはきっぱりと言った。「さあ、いらっしゃい」

「行きなさい、ベアトリクス。明日は早起きするのだろう？」ユリウスがかがんで少女にキスをし、ジョージーナに笑みを向けたので、彼女の心臓は引っくり返りそうになった。

コルと同じくらい興奮していたベアトリクスも、ベッドに入ると眠くなったらしく、体をまるめて甘えるように言った。「もう少しいて、ジョージー」

「それなら、コルが眠ったかだけ見てくるわね」

少年が熟睡しているのを確認して部屋を出たとた

ん、男性の客室係が足音もたてずに現れた。「お坊ちゃんは私が見てますから、ご心配には及びません」

ジョージーナはベアトリクスのところに戻ったものの、少女は眠そうな目を開け、なにごとかつぶやいてふたたび閉じてしまった。それでもそばについているとドアが開き、女性の客室係が顔を出した。〝ベアトリクスを見ているようにエイフェルト教授から言われました〟と言って、姿を消す。

いとこたちの世話を客室係に頼むのは、お金があれば簡単なことだ。しかしそう思ったジョージーナは、自分の考えを恥じた。ユリウスなら、裕福であってもなくてもできる限りの手を尽くすだろう。

おかげで、なにかする必要はなくなったけれど、このあとどうしたらいいのかがわからなかった。夕食をユリウスたちと一緒にとるかどうかさえ、言われていないのだ。どうしようかと迷っていると、ユリウスがやってきてまずベアトリクスに視線を向け、それからジョージーナの方を向いた。

「かわいらしいでしょう?」なにか言わなければと思ってそう口走ったけれど、ジョージーナは頬を赤らめて後悔した。彼がまた奇妙な表情を浮かべたからだ。「私はどうしたらいいのかしら、教授?」

ユリウスは穏やかな笑い声をあげた。「そのことだが、ミス・ロッドマン、いくつか案がある。だが、まずは夕食にしようか? テーブルを予約したんだ。ディンフェナが待っているよ」

ユリウスと一緒にダイニングルームに向かう間、まだほとんど袖を通していない、新しいツイードのスーツを着ていてよかった、とジョージーナは思った。淡いオリーブ色のスーツとクリーム色のウールのシャツという組み合わせは、彼女にとても似合っていた。

「おなかのすき具合は?」席につきながら、ユリウスがきいた。

「すいてはいるけれど、海が荒れるなら——」

「空っぽにしておくほうがもっと悪いわ」ディンフェナが言い、飢えた狼《おおかみ》のようにあれこれと食べたいものを選んだ。心配そうなジョージーナの顔を見て、ユリウスが笑う。

「それはなんでも食べたがる君の言い訳にすぎないじゃないか！　太るぞ、ディンフェナ。そうなったら、誰も君と結婚したがらないんじゃないか？」

ディンフェナは美しい鼻にしわを寄せた。「結婚できなくたって、私はあなたと一緒に暮らせればいいわ、ユリウス」

彼はメニューから顔を上げた。「ああ、それはだめだな、お嬢さん。僕は妻をもらって、家に入りきらないほど子供をたくさん作るつもりだから」

「ユリウス、なんてすてきなの！　私は叔母さんになるのね。結婚式はいつ？」

「それは、まあ……。ところで君はなんにする、ジョージーナ？　コンソメスープはどうだろう？　それから焼いた舌平目とクリームをかけたポテト、あとはクレームブリュレかな？」

それでいいとジョージーナは言ったが、〝子供をたくさん作る〟というユリウスの言葉に、今まであった食欲はすっかりうせていた。彼の妻になる人は、美しくてほっそりとした人なのだろう。これまではなんとも思わなかったのに、自分のふっくらした体型が急にぶざまに思えてくる。けれど夕食をとると、いくぶん元気を取り戻した。

ちょうど船が出るとき、ディンフェナが興奮ぎみに言った。「ちょっとだけデッキに上がらない、ユリウス？　港を出る直前は、あそこにいるのが好きなの」

「ああ、なんだか楽しそうね」ジョージーナはユリウスを見た。「コートが必要になると思う？」

「僕が取ってこよう。ついでにほかの子供たちのようすも見てくるよ」

彼はすぐに戻ってきて、三人はデッキに向かった。風はさほど強くないが、気温はずいぶん低く、港を離れると海はしだいに荒れてきて、ジョージーナは船が放つ光の中で波が白く砕けるさまを見つめた。ジョージーナとディンフェナの間に立つユリウスも、二人の肩に腕をかけて、暗闇に浮かぶその荒々しい光景を楽しんでいる。しばらくすると、ディンフェナが言った。「そろそろベッドに入るわ。ジョージー、なにかあったら遠慮なく起こしてね。ユリウス、朝食は船を降りる前にとるの？」

「ああ。六時にお茶を頼んでおいた。朝食は七時で、出発は八時だ。そして、コーヒーは家だよ」

〝家〟という言葉に、ジョージーナは妙な感じを覚えた。彼の家はイギリスにあるのではないの？　ダルマーズ・プレイスにいるときよりも、ベルゲンステインにいるときのほうが彼は幸せなの？　彼女はマダム・ルファーブルのことを思い出した。その人がオランダに住んでいるのなら、彼がオランダのほうがいいと思うのも当然だ。結婚したあとも、オランダにずっと住むに決まっている。

「なんだかぼんやりしているな」ユリウスが言った。

「私もそろそろベッドに入ろうと思っていたの」

「違うだろう」彼が否定する。

しかたなく、ジョージーナは言った。「あなたはどちらの家が好きなのかと考えていたの」

「僕は両方とも好きだ」ユリウスは迷わず答えた。「僕は生活の拠点をオランダとイギリスの両方に置いていて、どちらの家も大切にしている。きっと君もベルゲンステインが気に入るだろう。ダルマーズ・プレイスとはちっとも似ていないが、独自の美しさや魅力があるし、一族もずっとそこに住んでいるから、僕の体の一部も同じなんだ」

ジョージーナは遠慮がちにきいた。「この先もずっと二つの家を行き来して暮らすの？」そう言ってから、あわててつけ加えた。「ごめんなさい、詮索するつもりはなかったの」

答える代わりに、ユリウスはもう片方の腕を彼女にまわした。「寒くなってきたな。中へ入ろう」そう言ったものの動く気配はなく、ジョージーナはユリウスのぬくもりを感じながら、頬に伝わる彼のしっかりとした心臓の鼓動に耳を傾けていた。ようやくユリウスが言った。「君の言うとおりだな。ダルマーズ・プレイスもベルゲンステインも、引き払うことなど想像できない。その両方にいることが幸せだし、子供たちにも二つの国にしっかりと根を張って幸せになってほしいと思っている」

寒さ以外の理由で、ジョージーナは体を震わせた。

ユリウスが彼女を抱き寄せ、やさしくキスをした。「かわいそうに、凍えるほど寒いんだね」そう言って、またそっと唇を重ねる。まるでベアトリクスにするようなキスに、ジョージーナはみじめな気持ちになった。「なにかあったら、遠慮せずに客室係を呼びなさい。おやすみ」ユリウスは彼女の腕を取って部屋の前まで連れていき、そして去っていった。

狂ったように揺れている船には気づきもせず、ジョージーナは部屋に入ってドアを閉めた。ユリウスは私を看護師としては高く評価しているかもしれないけれど、胸をときめかせる女性としては見ていない。つらくても、その事実を受け入れなくては。

ベッドに入る準備ができた彼女は、涙に曇る目で鏡に映る自分の姿を見つめ、厳しい口調で言った。「あなたはユリウスの好みじゃないの。そのことを認めなさい」この先二週間、彼とはたびたび顔を合わせるだろうけれど、それは私がコルを世話する看護師として雇われているからであって、ほかに理由があるわけではない。頭を切り替えようと、ジョージーナはハンドバッグを開けた。しかしオランダのお金やらなにやらを調べる前に、今朝受け取った手紙を読まずに入れていたことに気づいた。手紙はセント・アーセル病院の総看護師長からで、三月から緊急治療室の看護師長にならないかと書かれていた。

ジョージーナは何度も手紙を読み返し、大きく揺れる船にも気づかないほど考えごとに没頭した。しばらくすると眠くなってきたので二時間ほど休んで目を覚まし、ペンをさがして手紙を書く。書きおえるころには、時計は午前四時を過ぎていた。顔を洗って服を着替え、いつもよりきっちりと髪を整えて座って待っていると、客室係が紅茶を持ってきた。

「さんざんな夜でしたね。エイフェルト教授が真っ先にあなたのようすを見てくるように、とおっしゃいましたので。眠れましたか？」

「ええ」ジョージーナは嘘《うそ》をついた。「とてもすてきなお部屋だし、疲れていたから……。悪いけれど、ハリッジに戻ったらこの手紙を投函《とうかん》してもらえないかしら？　うっかり出し忘れてしまったの」

客室係が出ていくと、ジョージーナは紅茶をいれた。明日かあさっての朝には、総看護師長に手紙が届くだろう。これで未来は決まった。決意がぐらつくようなことをユリウスに言われたら、病院のことを思い出せばいい。紅茶を飲みおえたジョージーナは、ベアトリクスの着替えを手伝いに行った。

それからユリウスの部屋のドアをノックして中に入ると、彼はシャツ姿で髪をとかしていた。「眠っていないようだな。船酔いか？　君のようすに目を光らせておくよう、客室係に言っておいたのだが」

「ちゃんと眠ったわ」ジョージーナは元気よく答えた。「それに、船酔いもしなかったし」視線を避けるように続ける。「それにしても、こんなに暗いなんて残念ね。私、海からオランダを見るのを楽しみにしていたのに」

「コルの準備ができたら、客室係を僕のところによこしてくれ」

ユリウスの前から立ち去ったジョージーナはとても気が楽になり、コルと笑ったり冗談を言ったりした。朝食のときもコルとベアトリクスの間に座って二人から絶え間なく話しかけられていたので、ほかの人との会話には加わらずにすんだ。

船を降りて税関を抜けると、男たちや荷物とともにひと足先に下船していたユリウスが、ダークブルーのアストンマーチンの横に立っていた。男たちが荷物を積みこむ間に彼はみんなを車にのせ、ジョージーナはコルをはさむようにディンフェナと後部座席に座った。助手席に座らせたベアトリクスのシートベルトを締めて、ピンク色の小さな頬にキスをしたあと、ユリウスが時計を見る。

「いちばん早い道を行く。かなり退屈だが、観光はあとまわしだ」彼は車を発進させた。

以前来たことのある人には退屈なのかもしれないが、ジョージーナは異国情緒にあふれる風景に夢中になった。まず家はどれも真四角で、古い形の上げ下げ窓があり、手入れの行き届いたドールハウスのような整然とした感じがある。車はイギリスと違って右側通行だ。

もっともユリウスは少しも困っていないようで、やがて大通りに出たあと、しばらくしてロッテルダム行きの高速道路に入った。ロッテルダムでは車のスピードが落ちたので、ジョージーナはフラット式の集合住宅や、赤い煉瓦《れんが》の壁と傾斜が急な屋根を持つ古い家が立ち並ぶ通りを眺めることができた。まだ早い時間なのに、たくさんの人が歩いていて、それ以上に多くの人が自転車に乗っていた。

日曜日のこんな早い時間にどこへ行くのかとジョージーナがきくと、ユリウスはただ〝教会だ〟と答え、ふたたび運転に集中した。やがて車は町を離れ、あたりは穏やかな田舎の景色に変わった。

ディンフェナが言った。「ジョージーをアウデワーテルに連れていきましょうよ。魔女の秤《はかり》で体重をはかるの。それからハウダへ行けばいいわ」

「デルフトもいいよ」コルが続く。

二人に負けまいと、ベアトリクスも口をはさんだ。

「アムステルダムもいいよね」

「折りを見てそうしよう」ユリウスが言った。「この先がユトレヒトだ」車が町からはずれてマールテンスデイクに入ると、景色はまた変わった。見渡す限りの低木や草地に細い水路が走る町を通り抜けたあとは、かわいらしい家々を通り過ぎ、曲がりくねった道を下り、木々の間を走り抜ける。やがてぽつりぽつりとあった家が見えなくなった先の森を数百メートルほど行ったところで、車は高く古めかしい錬鉄製の門をくぐった。そのまま定規のようにまっすぐ走ると、目的の家にたどり着く。ジョージーナがひと目で気に入った、どっしりとした四角形の建物は、窓が大きく玄関も広かった。

ユリウスが肩越しに言った。「ベルゲンステインへようこそ」

ダルマーズ・プレイスと同様に、この家でも到着したとたんドアが開いて、年配の男性が出てきた。雪のように白くふさふさした髪と見事な口ひげをたくわえた彼のふるまいは、聖職者のように礼儀正しい。ユリウスは男性と握手をし、ベアトリクスははしゃぎながら抱きつき、ディンフェナは心のこもった挨拶をした。

いったい誰なのだろうとジョージーナが思っていると、ユリウスが教えてくれた。「この家の執事、ハンスだ。もう四十年以上仕えてくれていて、ここのすべてを取り仕切ってくれている。僕たちはお互いを心から大切に思っているんだ。さあ、君も挨拶を」

ハンスの誠実そうな青い目を笑顔で見つめ返してジョージーナが手を差し出すと、男性はその手を取り、ゆっくりとした英語で言った。「お会いできてうれしいです、お嬢さん」目尻にしわのある顔がにっこりし、彼女はほっとした。

ダルマーズ・プレイスとはまったく違い、部屋は一つ残らず外見と同じように広く四角形をしていて、天井が高く、暖炉はどっしりしていた。お気に入りなのも無理はないほど、家とユリウスはお互いのために存在しているように見えた。

大きな窓から庭を見ながら、みんなは一緒にコーヒーを飲んだ。窓にかかっている深紫色のカーテンは、高級雑誌や映画でしか見たことがないものだ。絨毯《じゅうたん》も深紫色だが、座り心地のいい椅子とソファはクリーム色のベルベットにおおわれている。部屋がこんなに豪華できれいなら、犬はいないのだろう。ジョージーナがぼんやりとそんなことを考えていると、グレートデーンと小さな黒い犬がまっすぐユリウスに駆け寄ってきた。彼にたっぷり甘えたあと、二匹はコルに近づいた。

ジョージーナもグレートデーンの頭をそっと撫《な》でた。「なんていう名前なの？」

「アンダーソンだよ」コルが言った。「小さいほうはフリップ。スキッパーキ犬なんだ」

ユリウスが立ちあがった。「レニーが君を部屋に案内する、ミス・ロッドマン。彼女はこの家の家政婦だ。英語は話さないが、ディンフェナが一緒に行くから心配ない。荷物を片づけたいだろう？　それが終わったら、コルのことを話し合おう」

ジョージーナはディンフェナのおしゃべりを聞きながら、タイル張りの廊下の奥にある階段を上がった。二人の先を歩いているレニーは、もの静かで大柄な女性だった。案内された部屋は重々しいマホガニーの家具のせいでいくぶん狭く見えるが、それでもじゅうぶんな広さがある。年代物の家具はぴかぴかに磨きあげられ、淡いグリーンのカーテンやベッドカバーと調和していた。絨毯とランプシェードは渋いピンク色で、暖炉には小さな炎が燃え、背の高い椅子がそばに置かれている。

ベッド脇のナイトテーブルに飾られたピンク色のヒヤシンスを見て、ジョージーナは歓迎されている気がした。レニーは彼女の目を見てにっこりすると、部屋の反対側にあるドアに目を向けた。浴室へと続くドアからは、コルの部屋へも行くことができるらしい。

一人になったジョージーナは荷物をほどき、髪をとかして化粧を直し、みんながいる部屋に戻った。するとユリウスがすぐに立ちあがり、彼女を廊下の反対側にある部屋に連れていった。居心地がよさそうな部屋の壁は羽目板になっており、大きな机と椅子が窓の前に置かれている。壁一面に本棚が並び、密閉式のストーブもあった。どうやらここは彼の書斎のようだ。ジョージーナはストーブのそばにある小さな椅子に座った。

革製の椅子に座って体を伸ばしたユリウスに、のんびりとくつろいだようすでほほえみかけられ、ジョージーナの胸はいつものように高鳴った。彼も自分と同じ思いでいるなんてはかない幻想だとわかっていても、笑みを返してしまう。

「そのほうがいい。さっきまで君はひどく近づきがたい顔をしていたよ。もしかして、ここを気に入らないのかと思った」

ジョージーナは茶色い目を見開いた。「気に入らないですって？　ここが？　とんでもない。なにもかもすてきだわ。この家の外観も、私の部屋にあるピンクのヒヤシンスも、この古いストーブも。窓から見えた池には氷が張っていたわ。階段のいちばん上にある絵のように。ほら、かつらをかぶった男性の隣に飾ってある、とても小さな絵のことよ」彼女は楽しそうに続けた。「私の部屋の窓の下で、茶色の子猫が眠っていたの。これこそが家だわ。ダルマーズ・プレイスがそうであるように」

ユリウスがやさしくほほえんだ。「君は二階の絵に気づいたんだね。あれはファン・ロイスダールの作品だ。この家が建てられる前に描かれたものでね。地下室や地下にあったキッチンはもはや使っていないが、今でも残っている。部屋を気に入ってくれてうれしいよ。もっとも、外で眠っていた子猫は僕の手柄ではないが」

二人は笑った。彼と一緒にいるといつも感じる危険な喜びがまたもやこみあげ、船の中で決意したことを忘れてはだめ、とジョージーナは自分に言い聞かせた。「コルの話をするのでしょう、教授？」

彼は黙りこみ、やがてそっけなく言った。「君は無駄な時間を僕とは過ごしたがらないが、僕はそれが大いに不満だ」

ジョージーナは言葉が見つからず、ただユリウスを見つめた。そのとおりだと言うのは簡単だけれど、本当のことではない。でもそうでないと言えば、彼は理由を知りたがるだろう……。

「君をからかうなんて、僕はひどいやつだな。悪かった」彼女を見ずに、ユリウスは軽い口調で言った。そして椅子に深く座って脚を組み、自分の靴をじっと見つめた。「さて、コルのことだが」

二人はコルの今後について話し合った。ふたたび自分の脚で立てるようになった今、少年はいつむちゃをするかわからないから、かたときも目を離さず、毅然《きぜん》とした態度で接する必要がある。

話が終わるころ、ジョージーナは冗談めかして言った。「なぜ私に来てほしがったかわかったわ」

彼女をドアまで見送ったとき、ユリウスはさりげなく言った。「僕がここへ来てもらいたいと思った理由をどう考えようと、それは君の自由だ。今のところ、話すつもりはないよ」

　昼食はみんなで一緒にとった。給仕の若い女性は丸顔でまるい目をし、淡い黄褐色の髪をしていた。ジョージーナはディンフェナから、彼女はパンキーだと紹介された。パンクラチアーナを短くした愛称だそうだ。「こんにちは《フーイエン・ダッハ》、パンキー」ジョージーナが声をかけると、彼女にオランダ語を教えたコルはうれしそうな声をあげ、ほかの人たちからも感心したような声が聞こえた。

　食事をすませたコルはひと休みなんかしたくないと駄々をこねたが、ジョージーナとベアトリクスが一緒だとわかると、いそいそと補強具を取ってベッドに入った。ジョージーナはベアトリクスを窓の下に置かれたソファベッドに寝かせ、『ばにばにベンジャミンのはなし』を読み聞かせた。

　子供たちは十分もしないうちに眠りにつき、彼女は椅子に座ったまま炎を見つめた。大叔母とセント・アーセル病院の同僚たちに手紙を書こう。明日になったら、葉書を買いに行かなくては。ここへ来る途中に見た小さな村に行けば、店があるだろうから……。

　ジョージーナはいつの間にか目を閉じ、ユリウスにキスをされる楽しい夢を見ていた。その喜びは目を開けてそばに立つ彼を見たときも続いていて、ほんの一瞬夢が現実になったと思ったが、やがて我に返り、体をまっすぐにした。

「どうやら、眠ってしまったみたい」

　ユリウスは穏やかな顔でポケットに手を突っこんでいた。「お茶の時間だよ」

　彼女は立ちあがった。「ああ、それなら子供たちを起こして、連れていくわね。それにしても、いったいなぜ眠ってしまったのかしら」

「当然さ。ゆうべ、ほとんど眠っていないのでは」

「たしかに。くたくただわ」そう言ってから、昨夜はぐっすり眠れたと言ったことを思い出して、ジョージーナは口をつぐんだ。うわ目遣いにユリウスのようすをうかがうと、〝やはりか〟という表情が浮かんでいる。「子供たちを起こすわ」彼女はそう言って椅子から立った。そしてその後はユリウスを避けつづけ、夕食が終わったあとも、手紙を書くからと言い訳して早々に二階へ引きあげた。

次の朝、空は晴れて空気は冷たかったが、目を覚ましたジョージーナは、この先二週間は毎日ユリウスに会えると思って幸せな気持ちになった。パンキーが運んでくれた紅茶を飲み、体を洗って服を着替え、コルが自分の脚で立てるよう準備を始める。ベアトリクスのおしゃべりを聞きながら補強具のひもを締めていると、ユリウスがやってきたので、いつもどおりに朝の挨拶をした。それからきつく抱きついてきた少女をかかえて、コルを朝食へと連れていった。

一時間後、みんなは池のほとりに立ち、氷の具合を確かめるユリウスをじっと見ていた。彼はスケート靴をはき、手を背中で組んで池全体をすいすいとすべっていく。スケートの腕前はなかなかのものだ。

厚いセーターを着てウールの手袋をはめたユリウスが、ようやくみんなのところに戻ってきて、すべっても大丈夫だと宣言した。そして、ベアトリクスを連れてふたたび池に出ていった。ディンフェナは一人で優雅にすべり、ジョージーナは雪が踏み固められたところで歩く練習をするコルにつき添った。

ハンスがホットチョコレートの入った大きな魔法瓶を持ってくると、休憩時間になった。それを飲み終えるころ、ジョージーナはコルをハンスに預け、氷の上に立った。と同時に、ユリウスが彼女の隣にやってくる。去年もその前の年もすべっていないので初めは少しふらついたものの、たくましい腕がウエストにまわされるとあっという間に勘が戻り、ジョージーナは楽しく池を一周した。冷たい空気の中、つるつるすべる氷の上をスケート靴で進んでいく。頬を赤くし、目を輝かせながらすべりおわったとき、ジョージーナの体はトーストのように温かくなっていた。「最高の気分だわ！」

「なかなかうまいな。自分がとてもかわいらしく見えることに気づいているか？」

ピンク色の頬をますます上気させ、ジョージーナは少女のような声で言った。「あの、そうかしら？」けれどシープスキンのジャケットに茶色い毛糸の帽子、去年買ったツイードのスラックスという格好は、あまりおしゃれとは言えないだろう。「そろそろ、コルを家に連れて帰るわね」

ユリウスは彼女を池の端まで連れていった。「また一緒にすべろう」

次の朝、コルはハンスと一時間ほど過ごしたがり、ディンフェナはベアトリクスを連れて友人の家に出かけたので、時間ができたジョージーナはユリウスからのスケートの誘いを受けた。ゆっくりと池をまわりながら、二人でどうということのない話をする。気がつくと彼女は子供時代、大叔母にどれほど世話になったかを言葉を選びながら語っていた。「だから、緊急治療室の看護師長になることにしたの」

そのとたん、ユリウスが足をとめた。

「なんだって？」その声になにかを感じて、ジョージーナは彼の顔を見た。茶色の目と青い目がじっと見つめ合う。「僕は聞いていないぞ」

「船の客室係に、ハリッジに戻ったら投函してほしいと言って、手紙を託したの」彼女は声を震わせまいとした。「だって、看護師として働くことが私の望みだから」

ユリウスの青い目はもはや鋼のようにくすみ、冷ややかだった。「明日、来客があることは言ったかな？　もう一緒にスケートができなくて残念だ。彼らが帰るころには、雪どけが始まっているはずだから」その声は淡々としていた。

「楽しかったわ」心の痛みをのみこんで、ジョージーナは明るく言った。「でもカレルとフランツが来るまでは、とけないでほしいわね」

「そのころまでは大丈夫なはずだ。ところでこれだけは言っておく。僕が安全を確認して〝よし〟と言うまでは、一人でも子供たちと一緒でも、池に入ってはいけないぞ」彼は腕時計に目をやった。「もうひとまわりしたら帰ろうか？」

魔法のようなひとときは過ぎ去った。ユリウスが家のことや庭のこと、近所にある小さな農場のことを楽しそうに話してくれても、ジョージーナには彼がとても遠くに感じられた。客がやってきたら、彼と話す機会はぐっと減るに違いない。そう思うと、ますます悲しくなった。

ユリウスはよそよそしい態度をとるのではと思ったが、食事のときも彼は積極的にジョージーナに話しかけてきた。そしてコルとベアトリクスが眠ったあとも、ジョージーナとディンフェナの三人で明日の来客のことや、その人たちを楽しませるための計画について話し合った。

どうやら一族が集まる晩餐会と、地元の友人たちを招いた昼食会が予定されているらしい。ディンフェナが期待に満ちた声で言った。「ダンスもするのでしょう、ユリウス？」

「もちろんさ。だが、親戚のほとんどはかなり年配だから、せいぜいフォックストロットが限度だろうな。それから、ジョージーナには誰が来るのかを話しておいたほうがいいだろう。そのほうが混乱しない。ファン・デン・ベルフという叔父夫妻は五十代で、ワッセナーから来る。クッパー・エイフェルトという叔父夫妻は、アルンヘムの近くの小さな町からだ。別のいとこたちの家族も来るから、ベアトリクスやコルが喜ぶだろう」ユリウスはディンフェナの方を向いた。「急な話だが、ディンフェナ、テレサ・ルファーブルも昼食が終わったころに来るそうだ。彼女には廊下のいちばん奥の小さな部屋を使ってもらおう」

ディンフェナは驚き、あわてた顔をした。「でも、ユリウス――」

「テレサなら、そんなに気を遣わなくても大丈夫だろう？」

テレサ・ルファーブルの存在は知っていたはずなのに、ジョージーナはすっかりつまらない気分になっていた。オランダに滞在している間、ユリウスが彼女と会うことくらい、じゅうぶんありうる話だ。それなのに、世界が終わりを迎えたように感じるのはなぜ？　彼女は青いロングスカートのひだを、震えのとまらない指で神経質に整え直した。

「ああ、それから」ユリウスの声がしてジョージーナが顔を上げると、表情を読み取ることのできない青い目がこちらに向けられていた。「イヴォという、遠い親戚にあたる大叔父も来る予定だ。八十歳で、思っていることをすぐ口に出すが、とても頭のいい人なんだよ」

その後まもなく、ジョージーナはユリウスと二人きりになるのを避けるようにして自分の部屋に戻った。ベッドに入り、セント・アーセル病院での輝かしい未来のことだけを考えようとしたが、テレサ・ルファーブルのことばかりが頭に浮かんでうまくいかない。そして気づくと、ユリウス・ファン・デン・ベルフ・エイフェルトのことを考えていた。

10

来客たちは三々五々にやってきた。叔母や叔父たちが運転手つきの車で到着したあとは、少し遅れて二人のいとこが家族とともに現れた。いとこはユリウスほど大柄ではないが、淡黄色の髪と青い目は同じで、立ち居ふるまいも落ち着いていた。彼らの妻は若く、いわゆる美人ではないけれど、場合によっては美しいとも言える魅力の持ち主で、どちらも服装の趣味がよかった。

子供は合わせて四人いて、どの子も小さいが行儀がよく、コルの金属製の補強具をめずらしそうにしげしげと眺めていた。そしてすぐにジョージーナと仲よくなり、彼女がつたないオランダ語を話すたび、正しい発音や言い方を教えてくれた。

昼食の前にやってきた高齢の紳士を目にして、その人が誰なのか、ジョージーナにはすぐにわかった。白髪頭でいくぶん猫背だが、ユリウスによく似ていたからだ。玄関にはジョージーナ以外誰もいなかったのに、老紳士がとどろくような声で理解できない言葉を話しはじめたので、彼に近づき、たどたどしいオランダ語で言う。「はじめまして。すみませんが、あなたの言葉がちっともわかりません」

老紳士は古い形の金縁めがねを取り出してかけ、ジョージーナをじろじろと眺めた。「ああ、君がユリウスの言っていた女性だな」流暢《りゅうちょう》な英語は深く低く響いた。「いい顔をしている。肉づきもいい。ユリウスもだが、私はやせっぽちの女性は好かん」

ジョージーナは目をぱちくりさせた。「たしか、風変わりな名前だったな」

「ジョージーナです。ジョージーナ・ロッドマンといいます。あなたがいらっしゃったと、エイフェルト教授にお伝えしますね」

「おやおや、お嬢さん、あいつのことをずっとそんなふうに呼んでいるのか？」あきれたような目を向ける姿は、ますますユリウスそっくりだ。「私が怖いかね？」

「そんなことはありません。なぜ私が怖がるのですか？」ジョージーナが笑顔を向けると、それに応えるように老紳士の顔にも笑みが浮かんだ。

「君はいい娘だな。なぜユリウスは――」

「僕がなんですって、イヴォ叔父さん？」ユリウスが奥から出てきて、大叔父と握手した。「いらっしゃい。ミス・ロッドマンともう会ったのですね」

「おまえは彼女をそう呼んでいるのか？　私はジョージーナと呼ぶよ。彼女に異論がなければ、だが」

「異論だなんてとんでもない」彼女は答えた。

「みんなのところへ行きましょうか？」ユリウスは大叔父を大広間に案内した。

昼食会が終わると、子供たちは雪の中で歓声をあげながらジョージーナと遊び、大人たちはスケートを楽しんだ。体が温まって心地よい疲れを感じるころ、家の中で紅茶がふるまわれた。

イヴォにさまざまなことをきかれ、ジョージーナはできるだけ正直に答えた。なぜ結婚しないのかという率直な質問になんと答えようかと考えていたら、ドアが開いてハンスが女性を案内してきた。彼女がテレサ・ルファーブルに違いない。はっとするほど美しい彼女は柳のように細く、『ヴォーグ』からそのまま抜け出してきたかのようだ。部屋に入ったところで足をとめた彼女は、優雅に部屋を見渡すと、じゃらじゃらとブレスレットを鳴らしながら腕を伸ばし、よく通る声で言った。「ユリウス！」

すでに立ちあがっていたユリウスがいかにもうれしそうに彼女に近づいていき、とたんにジョージーナの気持ちは沈んだ。抱きしめずに握手しかしなかったのはせめてもの救いだったけれど、彼は親戚の集まりで女性にキスをするような男性ではないから、たいしたなぐさめにはならない。視線をそらしたジョージーナは、老紳士と目が合った。

「彼女は何年もユリウスを追いかけておる。次の誕生日がきたら三十になるというのに。それにしても、じゃらじゃらとうるさいブレスレットだ！」

「すてきな方ですね」ジョージーナは自分の気持ちを押し殺して言った。「流行の服は嫌いですか？」

「もちろん好きさ。私は八十だが、これでも男だからね」イヴォはジョージーナをじっと見た。「君はガラスのようにわかりやすいな。今夜の夕食には、すてきなドレスを着てくるといい」

「テレサと張り合うつもりなんて……。子供部屋でピアノを弾いてあげると約束したので、そろそろあの子たちを二階に連れていきますね」

ジョージーナはこっそり子供たちに声をかけてまわった。しかし最後の一人を部屋から出す前、ユリウスが近づいてきた。「ミス・ロッドマン、テレサ・ルファーブルに会ってくれ。昔からの友人なんだ」

ジョージーナはテレサと握手をし、圧倒されるほど魅力的な彼女が言葉の端々に意地の悪さをにじませても、ずっと笑みを浮かべていた。そして恋をしている男性ならなにも気づかないだろうけれど、ユリウスがこの場にいなくてよかったと思った。子供たちを追って二階へ行く。〝恋は盲目〟とは本当によく言ったものだ。

晩餐会《ばんさん》のために着替えたときも、ジョージーナの負け犬になった気分は消えなかった。ミルクチョコレート色のオーガンジーのドレスを身につけたあと、時間をかけて髪を頭のてっぺんでまとめる。テレサは宝石をたくさんつけるに違いない。しかも、本物の宝石を。なのに私がつけるのは、ヴィクトリア朝に作られたイヤリングだけだなんて。

大広間にいたのはユリウス一人で、グラスを手にして暖炉の前に立つ姿には気品が感じられた。ジョージーナはコルを小さな肘掛け椅子に座らせ、クッションの位置を調整した。「これでよし、と。それじゃあ、ベアトリクスの用意ができているかどうか、見に行ってくるわ」

「いや、その必要はない」ユリウスが言った。「デインフェナに任せておけば大丈夫だ」遠慮のない視線が頭のてっぺんから爪先まで向けられ、ジョージーナは落ち着きを失ってはだめと自分に言い聞かせた。大丈夫、すてきに見えるに決まっている。

「本当にすばらしい」ユリウスはぽつりとそう言うと、ソファテーブルに近づき、ジョージーナのために飲み物を取った。冷静さを装っても顔が赤くなるのはとめられず、なにか話さなければと彼女が必死に考えていると、ドアが開いてテレサ・ルファーブルが入ってきた。シルバーのパンツスーツを着て、ネックレスや指輪をたくさんつけている彼女を見て、ジョージーナは自分がねずみにでもなったような気がした。ジョージーナとコルがいるのを見たテレサが立ちどまり、癖のある英語で言う。

「あら、お早いこと」そして、ユリウスに意味ありげな視線を向けた。「ユリウス?」

表情からはなにも読み取れなかったが、彼はかすかな笑みを浮かべ、飲み物の並んでいるトレイに近づいて愛想よくきいた。「いつものか、テレサ?」

もしテレサと二人きりになれないことを不満に思っているのだとしたら、ずいぶんとうまく感情を隠したものだと思いながら、ジョージーナはコルの隣に戻った。二人の話し声を聞くまいとするように背を向け、コルの言葉に気持ちを集中させる。

やがてほかの人々もやってきて、ジョージーナたちを取り囲んだ。イヴォはよく通る声で、ジョージーナを美しいとほめたたえた。

並べられた贅沢《ぜいたく》な料理を、みんなはたっぷりと時間をかけて楽しんだ。ただしテレサがユリウスの隣に座っていなければ、もっと一瞬一瞬を楽しめただろうとジョージーナは思った。

食事が終わって大広間に移ったとき、コルに疲れの色が見えるのにジョージーナは気づいた。こんな時間まで起きていたのだから、無理もない。「ベッドに入りましょう、コル」

「みんながまだここにいるなら、僕だっている」

「みんなも引きあげるわ」諭すようにコルの耳元で言い、ジョージーナは子供たちを連れて部屋から出ようとした。

テレサが言った。「すごいじゃない、ミス・ロッドマン。子供たちがみんなあなたの言うことをきくなんて。あなたって優秀な子守りなのね」

反論しようとするジョージーナよりも早く、ユリウスが感情を抑えた冷たい声で言った。「ミス・ロッドマンは子守りではない、テレサ。高い技術を持った看護師で、いなくなられたら困る存在だ。子供たちの面倒を見てくれているのは、彼女が献身的な人だからだよ」

「あら、失礼なことを言うつもりなんかなかったのよ。ただ、彼女がうらやましくて。たくさんのことを他人にしてあげられて、子供たちにも好かれているから。私には愛情を注ぐ子供がいないのに」

テレサは涙をハンカチでぬぐうとせつなそうに笑い、ジョージーナはとまどいと哀れみを感じた。結婚したことがあるのに子供がいないなんて、悲しいことに違いない。「もちろん、そんなつもりでないのはわかっていますから」

「子供たちの世話ならディフェンフェナにも手伝ってもらうといい、ミス・ロッドマン」〝一人でも大丈夫です〟と言おうとしたジョージーナは、ユリウスの顔を見て思い直した。彼はひどく怒っていた。うまく隠しているのでほかの人は気づかないだろうが、いらだつと彼は無表情になるのだ。

子供たちを寝かしつけるのは簡単だった。最後にコルをベッドに入れて寝具をかけると、少年が言った。「マダム・ルファーブルっていやな人なんだ」

「疲れているから、自分の言っていることがわからないのね。眠りなさい」ジョージーナはコルにキスをすると、ディンフェナにもう大広間には戻らないと言った。「頭が痛いの。それに明日もいろいろとあるでしょう？　きっと誰も気づかないわ」

ディンフェナが行ってしまうと、ジョージーナはドレスがしわになるのも気にせずに暖炉の前に座り、補強具のひもを調整した。結局、このドレスも奇跡を起こしはしなかった。こんなことなら白衣でいたほうがましだった。ほかの女性と婚約しているも同然の男性の関心を引こうとしたのだから、当然の報いだ。そんなことを考えながら乱暴に引っぱったら、革のひもが切れてしまい、彼女は座ったまま、ひもをぼんやりと見つめた。背後のドアが開かなければ、いつまでもそうしていただろう。

厚い絨毯《じゅうたん》を踏んで入ってきたのはユリウスだった。「なにをしている？」

のろのろと顔を上げたが、部屋が暗いので、彼の顔はぼんやりとしか見えない。「調整しようと思ったのだけれど」魂の抜けたような声で言って、ジョージーナはひもを見せた。「切れてしまったの。私の部屋に予備があるわ」

立ちあがって部屋から予備のひもを取ってくると、彼はそれを受け取り、手際よく補強具を直した。

「君はもう階下《した》に来ないとディンフェナから聞いたが、気持ちを変えないか？　ダンスが始まるんだ」

断ろうとしたとき、テレサのことが頭に浮かんだ。

私が怒っていないか確かめたくて、彼女がユリウスをよこしたのかもしれない。ジョージーナはドレスのしわを伸ばした。「ええ、行くわ」

そんなに悪い時間ではなかった。彼女は何度も踊り、イヴォとは二回も部屋をまわった。いつの間にか現れた、見たこともないおおぜいの人たちは、おそらく地元の友人たちだろう。彼女は誘ってくれた人すべてと真夜中過ぎまで踊り、そっと部屋を抜け出した。しかし階段を半分ほどのぼったとき、階下からユリウスの声がした。

「僕はまだ君と踊っていない」

手すりをつかんだまま、ジョージーナは振り向いた。「そうね。でももう休むわ」背を向け、さらに階段をのぼろうとしたが、彼が追いかけてきた。「なぜ踊りたいのか、ときかないのか？　今なら、ちゃんと答えるよ」

だがジョージーナは首を振り、おやすみなさいを言うと、一人で階段を上がっていった。

翌日になると冷たい北風はやんだものの、空は相変わらずどんよりと曇り、雪も積もったままだった。ジョージーナがコルに補強具をつけて散歩に連れていくと、ほかの子供たちも子犬のようにじゃれながら二人についてきた。家に戻ったのは昼食会に招待された客たちが到着するころで、彼女は二階でジャージー素材のアプリコット色のワンピースに着替えて階下に戻った。すると子供たちの姿がどこにもなく、あわててさがす。コルにはまだ注意が必要だ。ほかの五人と一緒にはしゃぎまわらせるわけにはいかない。

「子供たちのことは心配しなくていい。三十分ほど見てくれるよう、ハンスに頼んだんだ」玄関にいたユリウスがジョージーナに声をかけた。「それより、僕の友人たちに会ってくれ」

彼は彼女を友人のもとへ案内した。とても背が高くて肉づきのいい女性と、その女性よりさらに背の高い男性がディンフェナと話している。

ユリウスは言った。「マギー、パウル、こちらはジョージーナだ。こちらはマギー・ドゥールスマ、そして夫のパウルだ。彼は医師で、マギーはセント・エセルバーガ病院の看護師なんだよ」

紹介がすむと、女性二人で話ができるよう、彼はパウルとディンフェナを連れて去っていった。マギーが大きな茶色の目をジョージーナに向ける。「ここは気に入った？オランダはってことだけど」

「実はよくわからないの」ジョージーナは答えた。「ほかの国に行ったことがないから。でもベルゲンステインは好きよ。イギリスにある彼の家とはずいぶん違うけれど、すてきだもの」

マギーは興味深そうな目をジョージーナに向けた。「ユリウスは好き？　彼の下だと働きやすい？」

「ええ、とても思慮深い人だもの。それに、子供たちはかわいいわ」

マギーはうなずいた。「そうね。でもそろそろ彼自身が結婚して、子供を持つべきじゃないかしら」あたりを見まわす。「テレサ・ルファーブルが来ているでしょう？　三十歳になっても相変わらずきれいね。彼女のことは好き？」

ジョージーナは言葉を選んだ。「本当に魅力的な人よね。未亡人だなんてお気の毒で……」

マギーが鼻先で笑った。「お気の毒？　あの人はベルギーのお金持ちと結婚して、巨額の遺産を手にしたのよ。悲しんでいるかどうかは大いに疑わしいわね。私、あの人のことは好きじゃなくて」

「そうね」ジョージーナは言った。「私もよ」

二人は顔を見合わせてにっこりした。「こちらにはいつごろまでいるの？　イギリスに帰る前に、もう一度会いましょうよ」マギーが言った。

しかしその後マギーと話す機会はなく、別れの時間を迎えた。車に向かうとき、妻の手を取ってやさしい視線を向けるパウルを見て、ジョージーナは心底うらやましいと思った。

土曜日の午前中、カレルとフランツがベルゲンステインに到着した。カレルは鞄《かばん》を置くなり、ジョージーナを抱きあげた。「ジョージー、ますますきれいになったね！　今夜のダンスはまず君と踊りたいよ」彼女を下ろし、音をたててキスをする。
「カレル、私、最初のダンスはコルと踊るって約束しているの」
「それなら、二番目だな」カレルはジョージーナの手を取って、玄関でワルツを踊り出した。そんな二人を、書斎の入口に立ってユリウスが見ていた。すると、カレルは彼の前で見せびらかすようにとまって陽気に言った。「やあ、ユリウス。着いたよ。ダンスから推測するに、ベルゲンステインはジョージーに合っているようだね」

ユリウスは落ち着いた声で言った。「やあ、来たか。彼女がここをどう思っているかをききたいのはわかるが、まずはこちらへ来てダルマーズ・プレイスのことを話してくれ」そして穏やかな笑みをジョージーナに向け、ドアを閉めた。

その夜、ジョージーナはふたたび〝緑の乙女〟と呼ばれたグリーンのドレスを着た。ジョージーナの席はカレルとイヴォの間だったので、彼女はたくさん話をして笑い、テレサの方はあまり見ないようにした。彼女の今夜の装いは淡いシフォンのカフタンで、つけている真珠は本物らしく、とても豪華に見える。ユリウスを盗み見るときらきらした目で見つめ返されたので、ジョージーナは頬を赤らめ、あわてて視線をそらした。

しばらく楽しい時間を過ごしたあとは子供たちを二階に連れていき、パンキーに手伝ってもらって寝かしつけた。それから大広間に戻って何人ものダンスの相手を務め、十一時ごろ、大広間を抜け出した。

階段をのぼりきったとき、階下からユリウスに声をかけられた。「ジョージーナ、どこへ行く?」彼は階段をのぼり、彼女と廊下を歩き出した。

「戻ってくるから、心配しないで。ようすを見に行くって、コルと約束したの。ベアトリクスとも」彼女は二人のようすを見てから、廊下を奥へと進み、その先の小さな階段をのぼった。

「大広間とは反対の方向だぞ」

「ええ、ほかの子供たちもついでにと思って」

ジョージーナは二つの寝室を見てまわり、目を覚ましていた少女に水を飲ませ、枕を整えてもう一度寝具をかけた。やがて少女がうとうとしはじめると、ふっくらした頬にキスをして部屋の外に出る。

階段まで戻った瞬間、彼女はユリウスに名前を呼ばれ、いきなり抱きしめられてキスをされた。何度も唇を重ねているうちに、気がつくとキスを返していた。だがテレサのことを思い出して、固く握りしめた手を彼のディナージャケットに置き、冷たい声で言う。「こうするのを待っていたのでしょう?気が晴れたかしら?」

「気が晴れた? いったいどういう意味だ?」

「言ったとおりよ。人ってなにかを手に入れられないと、心穏やかではいられないでしょう? だから、本当は欲しくなくても手に入れたがって……」

その言葉に、ユリウスがジョージーナから手を離した。「君はそんなふうに考えていたのか?」

「ええ、そうよ」

ユリウスの視線を感じながら、ジョージーナは一人静かに階段を下りていった。その間も、彼がなんでもいいから言ってくれることを願っていた。しかし、ユリウスはそれ以後二度と話しかけてはこなかった。

翌朝、ジョージーナが子供たちと朝食に下りていくと、部屋にはカレルとフランツしかいなかった。ユリウスはアムステルダムの病院から緊急の要請があって、早朝に出かけていったという。帰っていく親類もいたが、テレサ・ルファーブルはまだ滞在するとのことだった。

小さないとこたちがいなくなり、コルとベアトリクスはなにをして遊ぶかをあれこれ話し合った。空は曇っているが風はなく、ベアトリクスはスケートをしたいと言い張った。

「コルはどうするの?」ジョージーナはきいた。

「スケートはできないから、楽しくないと思うわ」

「じゃあ、一周まわるたびに、コルのところでとまっておしゃべりをすればいいわ」少女は引きさがらない。「三十分だけ。お願いよ、ジョージー」

「あなたの後見人は、自分の許可なしにスケートをしてはいけないと言っていたの。今朝は早くに出かけてしまったから、許可がもらえないわ」

「あら、スケートをしたければどうぞって、ユリウスは言っていたわよ」階段を下りてきたテレサが言った。「今日はスケート日和だものね」

それだけ言うと、彼女はどこか爽快な雰囲気を漂わせて去っていき、コルが言った。「行こうよ、ジョージー。ハンスが僕のために雪をどけておいてくれたから、僕はそこを歩いてる」

氷は空の色を受けて灰色に染まり、風もないので、木々に囲まれた池は静まり返っていた。氷はユリウスがすべっていたときと同じように見えたけれど、ジョージーナはまず一人でゆっくりと一周し、それからベアトリクスとすべりはじめた。

しかし二周目に、足元の氷が突然割れた。池に落ちてもジョージーナはベアトリクスの手を放さず、水面に顔を出して何度も息をした。「落ち着いて、ベアトリクス。口を閉じて、静かにしてるの。私の首に腕を巻きつけられる?」

なんとか池の端に近づこうとしたが、まるでうまくいかなかった。だが泳ぎに自信があるジョージーナは、パニックに陥りはしなかった。

コルはというと、恐怖で体がこわばり、声も出ないらしい。ジョージーナは深く息を吸い、死にもの狂いで叫んだ。「コル、よく聞いて。ゆっくりでいいから、道路まで行って、助けを呼んできてちょうだい」彼女は口に入った水を吐き出し、コルに伝わったことを願った。立ち泳ぎしながら見ていると、少年が背を向けてそろりそろりと小道を進み、車道に向かっているのがわかった。幸い、道路はすぐそばだ。

ジョージーナは歯を鳴らしながらベアトリクスを落ち着かせ、助けを呼ぼうと声をあげた。あまりうまくいかなくても、気休めにはなる。ベアトリクスがめそめそと言った。「脚がなんにも感じないの」その顔は蒼白《そうはく》で、腕は鉛のような色をしている。

ジョージーナはもう一度叫んだが、声は静まり返った周囲に吸いこまれていくばかりで、彼女の脚もだんだんとしびれてきた。これほど冷たい水の中で、人間はどれくらい生きられるのかしら? 五分? それとも十分? すでに四分か五分は過ぎているはずだ。「ベアトリクス、もう片方の手を私の首にまわせる?」少女が言われたとおりにしようとしたとき、遠くで車の音が聞こえた。

続いて、ユリウスの声がした。「じっとしていなさい。今行くから、言われたとおりにするんだ」

ジョージーナは歯がガチガチと鳴って返事すらできなかった。ユリウスはすぐに二人のもとへやってきて、少女の腕をジョージーナの首から離した。

「じっとしているんだぞ!」そして少女を大きな肩にのせて去っていき、水の中に一人残されたジョージーナは永遠にも思える時間、沈んでは浮かびつつ恐怖と闘った。そのときユリウスが戻ってきて、持っていたロープを彼女に巻きつけ、岸へと引っぱりあげた。いくつもの手がジョージーナをとらえ、岸に横たえ、体をさする。

歯の根が合わない中、彼女は懸命にきいた。「ベアトリクスは？」

ハンスの顔がぼんやりと見えた。「大丈夫です」執事は励ますように笑みを浮かべた。

「コルは？」

「大丈夫ですよ」

「口を開いて」有無を言わさぬ声で、ユリウスが言った。

懸命に口を開けると、ブランデーが喉に流れこみ、ジョージーナは咳《せ》きこんだ。ユリウスの血の気の引いた顔はこわばり、ぎらぎらとしたまなざしは怒りがあらわになっている。彼女は目を閉じてささやいた。「ごめんなさい……」

「君は……君はなんて愚かなんだ！　溺れるところだったんだぞ！」

ジョージーナは目に涙があふれたが、きっとブランデーのせいで涙もろくなっているのだ、と自分に言い訳した。ユリウスは自分の服が濡《ぬ》れるのも気にせず、ジョージーナの体を力強くこすっている。

「私ならもう大丈夫よ。ベアトリクスのところに行ってあげて」

「なにも話すんじゃない。ベアトリクスは手厚い看護を受けている」ユリウスはジョージーナを軽々と抱きあげ、家の中に運んだ。毛布が広げられたベッドに無造作に彼女を下ろし、厳しい口調で言う。「服を脱いで、熱い湯につかりなさい。パンキーを手伝いによこす」そして、一瞥《いちべつ》もくれずに部屋を出ていった。

熱い湯はとても心地よかった。髪を洗い、服を着たジョージーナはきちんと身づくろいし、片づけをパンキーに任せると、少女のようすを見に行った。

ベッドに起きあがっていたベアトリクスは、彼女を見たとたん泣き出した。「ジョージー、ああ、ジョージー！　私たち、もう死ぬかと思ったわ。本当に怖かった」

「ああ、ベアトリクス、私も怖かった。でもユリウスが助けに来てくれて、本当によかった。私のせいだわ。ごめんなさいね」

そこへ、ディンフェナがトレイを持って入ってきた。「あなたのせいですって？　そんなばかな。ベアトリクスが言っていたわ、テレサが――」

「テレサはきっと勘違いしたのよ。ユリウスにはなにも言わないでくれるわよね？　約束して」

「なぜ？」

「あとで説明するわ。今はなにも言わないで」

二組の青い目がジョージーナに向けられた。「あなたがそう言うなら、約束するわ」

ジョージーナは立ちあがった。「ありがとう。コルをさがさないと。階下にいるの？」

ディンフェナはうなずいた。「ユリウスが脚を診ているわ。ああ、問題があるわけじゃないの」

「コルはユリウスに話していないわよね？」

「話していないと思うわ」

コルはキッチンの中央に置かれたテーブルでミルクを飲んでいた。「やあ、ジョージー。僕、勇敢だったでしょう？」少年は天使のように笑った。恐怖の時間は去ったので、今回の冒険で自分が果たした役割に得意になっているようだ。

ジョージーナはコルの隣に座った。「とても勇敢だったわ、コル。どんなにお礼を言っても足りないくらい。命の恩人で、まさに白馬の騎士ね」

コルはふたたびにっこりした。「僕はジョージーのためならなんだってするよ。ジョージーとベアトリクスのためなら」

「本当に？　それなら約束してほしいことがあるの。なにがあったのかユリウスにきかれたら、テレサに言われたことは黙っていて。話が混乱しているみたいだから、私からユリウスに説明したほうがいいと思うのよ」

少年は疑わしそうな顔をした。「ジョージーがユリウスに怒られるなら、約束はできないな」

「私が怒られるわけがないでしょう？」

コルはミルクを飲みほした。「わかったよ。それならなにも言わない」

「いい子ね」彼女は立ちあがった。

コルがきく。「どこへ行くの？」

「少し寒いし、疲れたから、昼食は食べないで一時間か二時間ほどベッドに入ろうと思うの。あなたのことはディンフェナにお願いしてもかまわない？」

コルはうなずいた。「ベアトリクスは？」

「あの子もずいぶん寒い思いをしたから、今日はベッドでおとなしくしていないと。でも、明日の朝にはすっかり元気になっているはずよ」

「ジョージーも元気になる？」少年は心配そうだ。

「ええ」彼女は答えた。

部屋に一人でいるのは寂しかった。ハンスがコーヒーとスープを運んできてくれたが、ジョージーナは手をつける気になれなかった。

「私、ここで休んでいてもいいかしら？　誰かにきかれたら、眠っていると言ってくれる？」

ハンスはやさしい笑みを浮かべた。「私にお任せください、ミス・ロッドマン。なにも心配することはありませんよ」

パンキーは火をおこしに来てくれ、ハンスは紅茶を持ってきてくれた。ディンフェナも現れて、コルとベアトリクスは元気で、テレサはユリウスの書斎にいる、と知らせてくれた。ジョージーナが体を震わせたので、ディンフェナはあわてた。「ジョージー、風邪をひいたみたいね。お願いだから、ベッドに入って」

しかし一人になったジョージーナは部屋の中をぐるぐると歩きまわった末に、もう一度ベアトリクスのようすを見に行き、少女がすっかりよくなっていることを確かめた。ベアトリクスの部屋を出て廊下を歩いていたとき、階下からユリウスの声が聞こえてきた。話している相手の姿は見えなくても、その言葉を聞いてジョージーナの足はとまった。

「彼女をここに招待するなんて、どうかしていたんだ。もう二度と会いたくはないが、この先も幾度となく顔を合わせなければならないのだろうな」

女性がなにか答えていたが、ジョージーナはそれ以上聞きたくなかった。まっすぐに自分の部屋へ戻り、ベッドに入って体を震わせる。その後ふたたびパンキーが薪《まき》をくべに来たようだが、ジョージーナは寝たふりをし、やがて本当に眠ってしまった。それほど疲れきっていたのだ。だからユリウスが入ってきてベッドのそばに立ったときも、彼女は目を覚まさなかった。彼は椅子を持ってきて辛抱強く待っていたが、結局あきらめて出ていった。

翌朝早くに目を覚ましたジョージーナは、部屋着姿のままスーツケースを取り出して荷物をつめはじめた。ユリウスは私の顔など二度と見たくないのだ。それならここを去る準備をしておこう。

荷物を半分ほどまとめたとき、誰かがドアをノックした。きっとパンキーが彼に言われて私を呼びに来たに違いない。だがやってきたのはユリウス本人で、後ろ手に閉めたドアに寄りかかり、ベッド脇に広げられたスーツケースに山と積み重なっている服と、涙の跡が残るジョージーナの顔を見つめた。そして、どこかおもしろがっているようなからかっているような表情でベッドに近づくと、服をどけてスーツケースを閉じた。

「パンキーがあとで片づけてくれる」

ジョージーナはあふれる涙をびしょびしょになったハンカチでぬぐった。「ここにはもういられないわ。昨日荷造りをするつもりだったけれど、眠ってしまって……。あなたが玄関で話しているのを耳にしたの。立ち聞きするつもりはなかったけど、聞こえてしまったのよ。だって、とても大きな声で話していたから」

ユリウスはベッドの端に座り、彼女を見つめた。

「僕はなんと言っていた?」

「私をここに招待するなんてどうかしていた、もう二度と会いたくないけれど、それでも幾度かは顔を合わせなければならないだろうって。でも、会うことなんてないはずよ」ジョージーナは涙で声をつまらせた。

ベッドから立ちあがったユリウスは、ジョージーナに近づくと、びしょびしょのハンカチを彼女の手から取って投げ捨て、自分のハンカチを渡した。

「あなたはひどく怒っていたわ」彼女は悲しげに言った。

「いとしい人、恐ろしい思いをさせられると、男は怒るものなんだ。今までの人生で、池に落ちた君を見たときほどそう思ったことはなかった」

ジョージーナはつぶやいた。「でも、私とは二度と会いたくないって……」

「もし階段を下りてきていたら、話の相手がディンフェナだとわかったはずだ。それに、君たちをこんな目にあわせたテレサはもういないと伝えられた」

「なぜわかったの?」

「コルはまだ七歳だが、愚かではない。あの子は僕に話さないと約束しても、ハンスに話さないとは約束していなかっただろう? テレサを問いただしたら、彼女は軽い冗談として片づけようとしたんだ」

ユリウスはジョージーナを抱き寄せた。「いとしいジョージーナ、愛している。初めて緊急治療室で見たときから、僕は君を愛していた」

「それなら、なぜ私のことをミス・ロッドマンとか看護師さんとかと呼んだり、白衣を着せたりしたの？」そうききながらも髪がぼさぼさで、顔には涙の跡が残っていると思うと、ジョージーナは落ち着かなかった。

今まで何度もそうだったように、今回もユリウスは彼女の考えを読み取っていた。「僕はもう待てない。ゆうべも会いに来たんだが、君はぐっすり眠っていた。僕が愛しているのはテレサではなく、君だと言いたかったのに。テレサなどまったく眼中にないし、今まで一度もそんな気持ちを抱いたことはない。僕が彼女をここへ招待したのは、君が僕との結婚より、看護師長のポストを選んだことに腹をたてていたからなんだ」

「でも、あなたは私になにも……」

ユリウスはジョージーナにキスをした。

「すぐにでも求婚したかったが、それではフェアではないと思ったんだ。僕と歩む人生がどんなものになるか、知ってもらう機会を与えたかった。二つの国に二つの家を持ち、すでに四人の子供がいる事実を知ってもらう機会を。君の気持ちが固まるまでは結婚したい女性としてではなく、看護師として接したほうがお互いにいいのではと思ったんだ」

ジョージーナはうっとりしながら、彼の肩にのせていた頭を上げた。「今、ここでプロポーズするの？　ちっともすてきな状況じゃないのに？」

ユリウスは笑った。「いとしいジョージーナ、キャンドルや薔薇《ばら》や甘い音楽が欲しいのかな？　そのすべてはあとでかなえてあげよう。でも、もう僕は待てない。結婚してくれるか、ジョージーナ？」

イエス、と彼女は答えた。

ハーレクイン®

緑の乙女に口づけを
2013年9月20日発行

著　　者　ベティ・ニールズ
訳　　者　麦田あかり（むぎた　あかり）

発 行 人　立山昭彦
発 行 所　株式会社ハーレクイン
東京都千代田区外神田3-16-8
電話 03-5295-8091（営業）
0570-008091（読者サービス係）

印刷・製本　大日本印刷株式会社
東京都新宿区市谷加賀町1-1-1

編集協力　株式会社風日舎

ISBN978-4-596-22291-6 C0297